CME
3rd Edition

Textbook課本
繁體版

2
CHINESE
Made Easy
輕鬆學漢語

Yamin Ma
Xinying Li

Joint Publishing (H.K.) Co., Ltd.
三聯書店（香港）有限公司

Chinese Made Easy *(Textbook 2)* *(Traditional Character Version)*

Yamin Ma, Xinying Li

Editor	Zhao Jiang, Shang Xiaomeng
Art design	Arthur Y. Wang, Yamin Ma
Cover design	Arthur Y. Wang, Zhong Wenjun
Graphic design	Arthur Y. Wang, Zhong Wenjun
Typeset	Zhou Min

Published by
JOINT PUBLISHING (H.K.) CO., LTD.
20/F., North Point Industrial Building,
499 King's Road, North Point, Hong Kong

Distributed by
SUP PUBLISHING LOGISTICS (H.K.) LTD.
16/F., 220-248 Texaco Road, Tsuen Wan, N.T., Hong Kong

First published November 2001
Second edition, first impression, July 2006
Third edition, first impression, June 2015
Third edition, fifth impression, August 2023

Copyright ©2001, 2006, 2015 Joint Publishing (H.K.) Co., Ltd.

E-mail: publish@jointpublishing.com

輕鬆學漢語（課本二）（繁體版）

編　　著	馬亞敏　李欣穎
責任編輯	趙　江　尚小萌
美術策劃	王　宇　馬亞敏
封面設計	王　宇　鍾文君
版式設計	王　宇　鍾文君
排　　版	周　敏

出　　版　三聯書店（香港）有限公司
　　　　　香港北角英皇道 499 號北角工業大廈 20 樓

發　　行　香港聯合書刊物流有限公司
　　　　　香港新界荃灣德士古道 220-248 號 16 樓

印　　刷　中華商務彩色印刷有限公司
　　　　　香港新界大埔汀麗路 36 號 14 字樓

版　　次　2001 年 11 月香港第一版第一次印刷
　　　　　2006 年 7 月香港第二版第一次印刷
　　　　　2015 年 6 月香港第三版第一次印刷
　　　　　2023 年 8 月香港第三版第五次印刷

規　　格　大 16 開（210×280mm）156 面

國際書號　ISBN 978-962-04-3699-4

© 2001, 2006, 2015 三聯書店（香港）有限公司

簡介

- 《輕鬆學漢語》系列（第三版）是一套專門為漢語作為外語／第二語言學習者編寫的國際漢語教材，主要適合小學高年級學生、中學生使用，同時也適合大學生使用。

- 本套教材旨在幫助學生奠定扎實的漢語基礎；培養學生在現實生活中運用準確、得體的語言，有邏輯、有條理地表達思想和觀點。這個目標是通過語言、話題和文化的自然結合，從詞彙、語法等漢語知識的學習及聽、説、讀、寫四項語言交際技能的訓練兩個方面來達到的。

- 本套教材遵循漢語的內在規律。其教學體系的設計是開放式的，教師可以採用多種教學方法，包括交際法和任務教學法。

- 本套教材共七冊，分為兩個階段：第一冊至第四冊是第一階段，第五冊至第七冊是第二階段。第一冊至第四冊課本和練習冊是分開的，而第五冊至第七冊課本和練習冊合併為一本。

- 本套教材包括：課本、練習冊、教師用書、詞卡、圖卡、補充練習、閱讀材料和電子教學資源。

課程設計

教材內容

- 課本綜合培養學生的聽、説、讀、寫技能，提高他們的漢語表達能力和學習興趣。

- 練習冊是配合課本編寫的，側重學生閱讀和寫作能力的培養。其中的閱讀短文也可以用作寫作範文。

- 教師用書為教師提供了具體的教學建議、課本和練習冊的練習答案以及單元測試卷。

- 閱讀材料題材豐富、原汁原味，可以培養學生的語感，加深學生對中國社會和中國文化的了解。

INTRODUCTION

- The third edition of "Chinese Made Easy" is written for primary 5 or 6 students and secondary school and university students who are learning Chinese as a foreign/second language.

- The primary goal of the 3rd edition is to help students establish a solid foundation of vocabulary, grammar, knowledge of Chinese and communication skills through natural and graduate integration of language, content and culture. The simultaneous development of listening, speaking, reading and writing is especially emphasized. The aim is to help students develop skills to communicate in Chinese in authentic contexts and express their viewpoints appropriately, precisely, logically and coherently.

- The unique characteristic of the 3rd edition is that the programme allows the teacher to use a combination of various effective teaching approaches, including the Communicative Approach and the task-based approach, while taking into account the Chinese language system.

- The 3rd edition consists of seven books and in two stages. The first stage consists of books 1 through 4 (the textbook and the workbook are separate), and the second stage consists of books 5 through 7 (the textbook and the workbook are combined).

- The "Chinese Made Easy" series includes Textbook, Workbook, Teacher's book, word cards, picture cards, additional exercises, reading materials and digital resources.

DESIGN OF THE SERIES

The series includes

- The textbook is designed to help students develop the four language skills simultaneously: listening, speaking, reading and writing. The textbook plays an important role in helping students develop their communication skills and enhance their interest in learning Chinese.

- In order to support the textbook, the workbook is designed to help the students develop their reading and writing skills. Engaging reading passages also serve as exemplar essays.

- The Teacher's Book provides suggestions on how to use the series, answers to exercises and end of unit tests.

- Authentic reading materials that cover a wide range of subjects help the students develop a feel for Chinese, while deepening their understanding of contemporary China and the Chinese culture.

教材特色

- 考慮到社會的發展、漢語學習者的需求以及教學方法的變化，本套教材對第二版內容做了更新和優化。

◇ 課文的主題是參考 IGCSE 考試、AP 考試、IB 考試等最新考試大綱的相關要求而定的。課文題材更加貼近學生生活。課文體裁更加豐富多樣。

◇ 生詞的選擇參考了 IGCSE 考試、IB 考試及 HSK 等考試大綱的詞彙表。所選生詞使用頻率高、組詞能力強，且更符合學生的交際及應試需求。此外還吸收了部分由社會的發展而產生的新詞。

- 語音、詞彙、語法、漢字教學都遵循了漢語的內在規律和語言的學習規律。

◇ 語音練習貫穿始終。每課的生詞、課文、韻律詩、聽力練習都配有錄音，學生可以聆聽、模仿。拼音在初級階段伴隨漢字一起出現，隨着學生漢語水平的提高，拼音逐漸減少。

◇ 通過實際情景教授常用的口語和書面語詞彙。兼顧字義解釋生詞意思，利用固定搭配講解生詞用法，方便學生理解、使用。生詞在課本中多次復現，以鞏固、提高學習效果。

◇ 強調系統學習語法的重要性。語法講解簡明直觀。語法練習配有大量圖片，讓學生在模擬真實的情景中理解和掌握語法。

◇ 注重基本筆畫、筆順、漢字結構、偏旁部首的教學，讓學生循序漸進地了解漢字構成。練習冊中有漢字練習，幫學生鞏固所學。

- 全面培養聽、說、讀、寫技能，特別是口語和書面表達能力。

◇ 由聽力入手導入課文。

◇ 設計了多樣有趣的口語練習，如問答、會話、採訪、調查、報告等。

The characteristics of the series

- Since the 2nd edition, "Chinese Made Easy" has evolved to take into account social development needs, learning needs and advances in foreign language teaching methodology.

◇ Varied and relevant topics have been chosen with reference to the latest syllabus requirements of: IGCSE Chinese examinations in the UK, AP Chinese exams in the US, and Language B Chinese exams from the IBO. The content of the texts are varied and relevant to students and different styles of texts are used in this series.

◇ In order to meet the needs of students' communication in Chinese and prepare them for the exams, the vocabulary chosen for this series is not only frequently used but also has the capacity to form new phrases. The core vocabulary of the syllabus of IGCSE Chinese exams, IB Chinese exams and the prescribed vocabulary list for HSK exams has been carefully considered. New vocabulary and expressions that have appeared recently due to language evolution have also been included.

- The teaching of pronunciation, vocabulary, grammar and characters respects the unique Chinese language system and the way Chinese is learned.

◇ Audio recordings of new words, texts, rhymes and listening exercises are available for students to listen and imitate with a view to improving pronunciation. Pinyin appears on top of characters at an early stage and is gradually removed as the student gains confidence.

◇ Vocabulary used in practical situations in both oral and written form is taught within authentic contexts. In order for the students to better understand and correctly apply new words, the relevant meaning of each character is introduced. The fixed phrases and idioms are learned through sample sentences. Vocabulary that appears in earlier books is repeated in later books to reinforce and consolidate learning.

◇ The importance of learning grammar systematically is emphasized. Grammatical rules are explained in a simple manner, followed by practice exercises with the help of ample illustrations. In order for the students to have a better understanding of and achieve mastery over grammatical rules, authentic situations are provided.

◇ In order for the students to understand the formation of characters, this series stresses the importance of teaching basic strokes, stroke order, character structures and radicals. To consolidate the learning of characters, character-specific exercises are provided in the workbook.

- The development of four language skills, especially productive skills (i.e. speaking and writing) is emphasized.

◇ Each text is introduced through a listening exercise.

◇ Varied and engaging oral tasks, such as questions and answers, conversations, interviews, surveys and oral presentations are designed.

◇提供了大量閱讀材料，內容涵蓋日常生活、社會交往、熱門話題等方面。

◇安排了電郵、書信、日記等不同文體的寫作訓練。

• 重視文化教學，形成多元文化意識。

◇隨着學生水平的提高，逐步引入更多對中國社會、文化的介紹。

◇練習冊中有較多文化閱讀及相關練習，使文化認識和語言學習相結合。

• 在培養漢語表達能力的同時，鼓勵學生獨立思考和批判思維。

課堂教學建議

• 本套教材第一至第四冊，每冊分別要用大約 100 個課時完成。第五至第七冊，難度逐步加大，需要更多的教學時間。教師可以根據學生的漢語水平和學習能力靈活安排教學進度。

• 在使用時，建議教師：

◇帶領學生做第一冊課本中的語音練習。鼓勵學生自己讀出新的生詞。

◇強調偏旁部首的學習。啓發學生通過偏旁部首猜測漢字的意思。

◇講解生詞中單字的意思。遇到不認識的詞語，引導學生猜測詞義。

◇藉助語境展示、講解語法。

◇把課文作為寫作範文。鼓勵學生背誦課文，培養語感。

◇根據學生的能力和水平，調整或擴展某些練習。課本和練習冊中的練習可以在課堂上用，也可以讓學生在家裏做。

◇展示學生作品，使學生獲得成就感，提高自信心。

◇創造機會，讓學生在真實的情景中使用漢語，提高交際能力。

馬亞敏
2014 年 6 月於香港

◇ Reading materials are chosen with the students in mind and cover relevant topics taken from daily life.

◇ Composition exercises ensure competence in different text types such as E-mails, letters, diary entries and etc.

• In order to foster the students' multi-cultural awareness, the teaching of Chinese cultural elements is emphasized.

◇ As students' Chinese language skills increase, an effort has been made to introduce more about contemporary China and Chinese culture.

◇ Plenty of reading materials and related exercises are available in the workbook, so that language learning can be interwoven with cultural awareness.

• While cultivating the ability of language use in Chinese, this series encourages students to think independently and critically.

HOW TO USE THIS SERIES

• Each of the books 1, 2, 3 and 4 covers approximately 100 hours of class time. The difficulty level of Books 5, 6 and 7 increases and thus the completion of each book will require more class time. Ultimately, the pace of teaching depends on the students' level and ability.

• Here are some suggestions as how to use this series. The teachers should:

◇ Go over with the students the phonetics exercises in Book 1, and at a later stage, the students should be encouraged to pronounce new pinyin on their own.

◇ Stress the importance of learning radicals, and encourage the students to guess the meaning of a new character by applying their understanding of radicals.

◇ Explain the meaning of each character, and guide the students to guess the meaning of a new phrase using contextual clues.

◇ Demonstrate and explain grammatical rules in context.

◇ Use the texts as sample essays and encourage the students to recite them with the intention of developing a feel for the language.

◇ Modify or extend some exercises according to the students' levels and ability. Exercises in both textbook and workbook can be used for class work or homework.

◇ Display the students' works with the intention of fostering a sense of success and achievement that would increase the students' confidence in learning Chinese.

◇ Provide opportunities for the students to practise Chinese in authentic situations in order to improve confidence and fluency.

Yamin Ma
June 2014, Hong Kong

Authors' acknowledgements

We are grateful to the following who have so graciously helped with the publication of this series:

- Our publisher, 侯明女士 who trusted our ability and expertise in the field of Chinese language teaching and learning.
- Editors, 尚小萌、趙江 and Annie Wang for their meticulous hard work and keen eye for detail.
- Graphic designers, 鍾文君、周敏 for their artistic talent in the design of the series' appearance.
- 陸穎、于霆、劉雨歆、王茜茜 for their creativity and imagination in their illustrations.
- The art consultant, Arthur Y. Wang, without whose guidance the books would not be so visually appealing.
- 胡廉軻、華燕君 and Edward Qiu, who recorded the voice tracks that accompany this series.
- And finally, to our family members who have always given us generous and unwavering support.

目錄

第一課 我們搬家了

生詞 1

① bān 搬 move   bān jiā 搬家 move (house)   wǒ men jiā shàng ge zhōu mò bān jiā le 我們家上個週末搬家了。

Grammar: "了" can be put after a verb to indicate a completed action.

nǐ men bān dào nǎr le 你們搬到哪兒了？

Grammar: a) "到" serves as the complement of result.
b) Pattern: Verb + Complement of Result (+ Object)

② zhuàng 幢 a measure word (used for buildings)   **③** lóu 樓（楼） floor; building   wǒ men de xīn jiā zài shí bā lóu 我們的新家在十八樓。

④ fáng 房 room; house   shū fáng 書房 study room   lóu fáng 樓房 building

wǒ men bān jìn le yí zhuàng lóu fáng 我們搬進了一幢樓房。

Grammar: a) "進" serves as the complement of direction.
b) Pattern: Verb + Complement of Direction

⑤ gòng 共 altogether   yí gòng 一共 altogether

⑥ céng 層（层） floor   nà zhuàng lóu fáng yí gòng yǒu duō shao céng 那幢樓房一共有多少層？

⑦ xīn 新 new   **⑧** jiān 間（间） room; a measure word (used of rooms)   fáng jiān 房間 room

⑨ wò 卧 lie   wò shì 卧室 bedroom   nǐ men de xīn jiā yǒu jǐ jiān wò shì 你們的新家有幾間卧室？

⑩ kè 客 guest   **⑪** tīng 廳（厅） hall   kè tīng 客廳 living room   **⑫** cān 餐 eat   cān tīng 餐廳 dining room

⑬ chú 廚（厨） kitchen   chú fáng 廚房 kitchen

⑭ yù 浴 bath   yù shì 浴室 bathroom

你可以用

a) 上個週末　　這個週末　　下個週末
b) 上個星期　　這個星期　　下個星期
c) 上個月　　　這個月　　　下個月

A. Actions that happened in the past

爸爸
去法國

例子：爸爸<u>上個月</u>去了法國。

①

媽媽
去上海

②

妹妹
開生日會

B. Actions that will happen in the future

爺爺
去美國

例子：爺爺<u>這個週末</u>會去美國。

①

哥哥
滑冰

②

姐姐
去北京

2 用所給結構看圖說話

A. 結構：你們家<u>搬到</u>哪兒了？

小弟弟
長高

看見
爸爸

小妹妹
學會

B. 結構： 我們<u>搬進</u>了<u>一幢樓房</u>。

跑回
外婆家

走進
廚房

搬出
爸爸媽媽的家

例子：

　　這是我的家。我家有三間臥室、一個書房、一個客廳、一個餐廳、一個廚房和兩間浴室。這是我的房間。我的房間不太大。⋯⋯

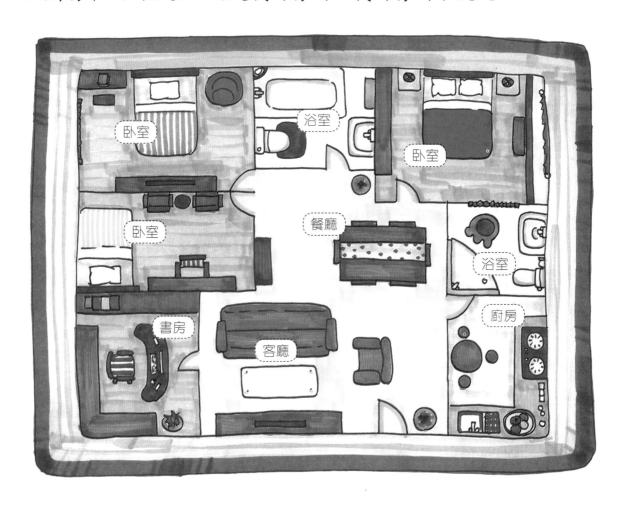

4 聽課文錄音，回答問題

1) 周冰家搬家了嗎？

2) 那幢樓房一共有多少層？

3) 她的新家在幾樓？

4) 她的新家一共有幾間臥室？

5) 她的新家有書房嗎？

6) 她的新家有幾間浴室？

7) 她的房間大嗎？

8) 她喜歡她的新家嗎？

課文 1 🎧 2

周冰，你們家搬家了，對嗎？
zhōu bīng nǐ men jiā bān jiā le duì ma

對，我們家上個週末搬家了。
duì wǒ men jiā shàng ge zhōu mò bān jiā le

搬到哪兒了？
bān dào nǎr le

我們搬進了一幢樓房。
wǒ men bān jìn le yí zhuàng lóu fáng

那幢樓房一共有多少層？
nà zhuàng lóu fáng yí gòng yǒu duō shao céng

有二十五層。
yǒu èr shí wu céng

你們的新家在幾樓？
nǐ men de xīn jiā zài jǐ lóu

在十八樓。
zài shí bā lóu

你們的新家有幾間臥室？
nǐ men de xīn jiā yǒu jǐ jiān wò shì

有四間臥室，還有一個書房、一個客廳、一個餐廳、一個廚房和三間浴室。
yǒu sì jiān wò shì　hái yǒu yí ge shū fáng　yí ge kè tīng　yí ge cān tīng　yí ge chú fáng hé sān jiān yù shì

你的房間大嗎？你喜歡你的新家嗎？
nǐ de fáng jiān dà ma　nǐ xǐ huan nǐ de xīn jiā ma

我的房間很大。我很喜歡我的新家。
wǒ de fáng jiān hěn dà　wǒ hěn xǐ huan wǒ de xīn jiā

Suppose this is your apartment. Make a conversation with your partner using the questions suggested.

1) 你們家搬家了，對嗎？

2) 你們搬到哪兒了？

3) 那幢樓房一共有多少層？

4) 你們的新家在幾樓？

5) 你們家一共有幾間臥室？

6) 你們家有書房嗎？

7) 你們家有幾間浴室？

8) 你們家的浴室大嗎？

9) 你們家的廚房大嗎？

10) 你們家的客廳大嗎？

11) 你的房間大嗎？

12) 你喜歡你的新家嗎？

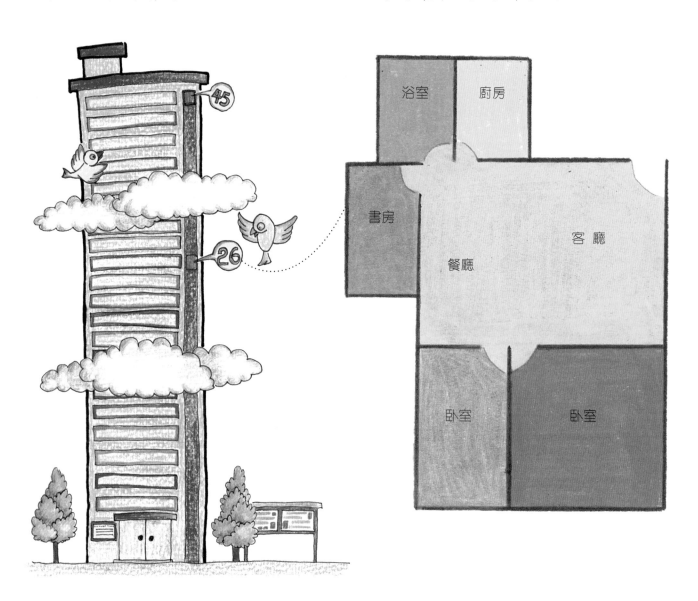

生詞 2

① yáng
洋 foreign   yángfáng
洋房 Western-style house

② huā
花 flower   **③** yuán
園（园）garden   huā yuán
花園 garden

④ kù
庫（库）warehouse   chē kù
車庫 garage

⑤ chí
池 pool   yóu yǒng chí
游泳池 swimming pool   **⑥** fáng zi
房子 house

⑦ miàn
面 a suffix   wài miàn
外面 outside   qián miàn
前面 in front   hòu miàn
後面 behind

⑧ yǒu
有 there be   wǒ men de fáng zi qián miàn yǒu yí ge xiǎo huā yuán   fáng zi hòu miàn yǒu yí ge dà huā yuán
我們的房子前面有一個小花園，房子後面有一個大花園。

▲ **Grammar: Sentence Pattern: Place Word + 有 + Object**

⑨ zuǒ
左 left   **⑩** yòu
右 right

⑪ bian
邊 a suffix   zuǒ bian
左邊 left side   yòu bian
右邊 right side

chē kù zài fáng zi zuǒ bian   yóu yǒng chí zài fáng zi yòu bian
車庫在房子左邊，游泳池在房子右邊。

▲ **Grammar: Sentence Pattern: Subject + 在 + Place Word**

⑫ xǐ
洗 wash   xǐ shǒu jiān
洗手間 toilet   **⑬** shā fā
沙發（发）sofa

⑭ lǐ
裏（里）inside   lǐ miàn
裏面 inside   kè tīng lǐ miàn yǒu shā fā hé diàn shì
客廳裏面有沙發和電視。

⑮ zhuō
桌 table; desk   cān zhuō
餐桌 dining table

⑯ yǐ
椅 chair   yǐ zi
椅子 chair   **⑰** kè fáng
客房 guest room

A. 結構：房子前面有一個小花園。

①  客廳裏面有⋯⋯

②  學校外面有⋯⋯

③  房子後面有⋯⋯

④  洋房外面有⋯⋯

B. 結構：　　。

①  牛仔褲在⋯⋯

②  車在⋯⋯

③ 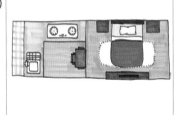 廚房在⋯⋯

④ 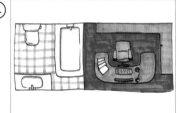 書房在⋯⋯

7 看圖説話

你可以用

昨天　今天　明天

A. Actions that happened in the past

他們家
搬進

爸爸
去北京

B. Actions that will happen in the future

她
游泳

弟弟
生日會

8 聽課文錄音，回答問題

1) 學文家搬進了什麼樣的房子？

2) 他的新家有游泳池嗎？

3) 房子的前面有什麼？

4) 車庫在哪兒？

5) 他的新家一共有幾層？

6) 一樓有什麼？

7) 他的卧室在幾層？

8) 書房和客房在幾樓？

周冰：
zhōu bīng

你好！
nǐ hǎo

我們家昨天也搬家了。我們搬進了一幢洋房，外面有花
wǒ men jiā zuó tiān yě bān jiā le　wǒ men bān jìn le yí zhuàng yáng fáng　wài miàn yǒu huā
園、車庫和游泳池。我們的房子前面有一個小花園，房子後面
yuán　chē kù hé yóu yǒng chí　wǒ men de fáng zi qián miàn yǒu yí ge xiǎo huā yuán　fáng zi hòu miàn
有一個大花園。車庫在房子左邊，游泳池在房子右邊。
yǒu yí ge dà huā yuán　chē kù zài fáng zi zuǒ bian　yóu yǒng chí zài fáng zi yòu bian

我們的洋房一共有三層。一樓有客廳、餐廳、廚房和洗手
wǒ men de yáng fáng yí gòng yǒu sān céng　yī lóu yǒu kè tīng　cān tīng　chú fáng hé xǐ shǒu
間。客廳裏面有沙發和電視，餐廳裏面有餐桌和椅子。二樓有
jiān　kè tīng lǐ miàn yǒu shā fā hé diàn shì　cān tīng lǐ miàn yǒu cān zhuō hé yǐ zi　èr lóu yǒu
三間卧室：爸爸媽媽的卧室、哥哥的卧室和我的卧室。二樓還
sān jiān wò shì　bà ba mā ma de wò shì　gē ge de wò shì hé wǒ de wò shì　èr lóu hái
有兩間浴室。三樓有書房和客房。
yǒu liǎng jiān yù shì　sān lóu yǒu shū fáng hé kè fáng

你什麼時候來我的新家？
nǐ shén me shí hou lái wǒ de xīn jiā

祝好！
zhù hǎo

學文
xué wén

九月五日
jiǔ yuè wǔ rì

9 角色扮演

Suppose you just moved into the house below. Make a conversation with your partner using the questions suggested.

1) 你們家搬進了什麼樣的房子？

2) 你們家有花園嗎？

3) 你們家有游泳池嗎？游泳池在哪兒？

4) 你們家有車庫嗎？車庫在哪兒？

5) 你們家的房子一共有幾層？

6) 餐廳在幾層？

7) 你爸爸媽媽的臥室在哪兒？

8) 書房在幾樓？書房大嗎？

9) 你們家的客廳大嗎？

10) 客廳裏面有什麼？

10 用所給詞語看圖填空

你可以用

到　會　見　高

他們家搬＿＿＿上海了。

小妹妹一歲了，她學＿＿＿說話了。

11 用所給詞語看圖填空

你可以用

上　下　進　出　來　去

她走＿＿＿樓裏了。

弟弟跑＿＿＿客廳了。

爸爸坐＿＿＿車了。

他走＿＿＿樓了。

12 口頭報告

Draw your apartment / house and describe it to class.

例子：

　　這是我家的房子。房子外面有一個大花園。我家還有游泳池和車庫。游泳池在房子後面。車庫在房子右邊。

　　我家的房子很大，一共有兩層，有四間臥室、……

第二課　我的房間

生詞 1 🎧 5

① 聽説 tīng shuō hear (of)　**②** 樓上 lóu shàng upstairs　**③** 樓下 lóu xià downstairs

我叔叔住在我家樓上，爺爺奶奶住在我家樓下。
wǒ shū shu zhù zài wǒ jiā lóu shàng　yé ye nǎi nai zhù zài wǒ jiā lóu xià

④ 自 zì self; oneself　**⑤** 己 jǐ oneself　自己 zì jǐ oneself　你現在有自己的房間了嗎？
nǐ xiàn zài yǒu zì jǐ de fáng jiān le ma

⑥ 興（兴）xìng excitement　高興 gāo xìng happy　**⑦** 開 kāi open　**⑧** 心 xīn heart; mind　開心 kāi xīn be delighted

⑨ 挺 tǐng quite　我的房間挺大的。
wǒ de fáng jiān tǐng dà de

Grammar: **Pattern: 挺 + Adjective + 的**

⑩ 櫃（柜）guì cabinet　櫃子 guì zi cabinet　牀頭櫃 chuáng tóu guì bedside cabinet　衣櫃 yī guì wardrobe

⑪ 書桌 shū zhuō desk　**⑫** 腦（脑）nǎo brain　電腦 diàn nǎo computer　**⑬** 架 jià shelf　書架 shū jià bookshelf

⑭ 上面 shàng miàn on top of; above　**⑮** 下面 xià miàn under; below

⑯ 對 duì face　對面 duì miàn opposite　**⑰** 旁 páng side　旁邊 pángbiān side; beside

⑱ 是 shì exist　牀的對面是衣櫃。
chuáng de duì miàn shì yī guì

Grammar: **Sentence Pattern: Place Word + 是 + Object**

⑲ 課 kè course; subject　**⑳** 本 běn book　課本 kè běn textbook

㉑ 小説 xiǎo shuō novel　**㉒** 雜（杂）zá various　**㉓** 誌（志）zhì records　雜誌 zá zhì magazine

㉔ 相 xiàng appearance　**㉕** 框 kuàng frame　相框 xiàng kuàng photo frame

1 用所給結構看圖說話

結構：I. 房子後面有一個大花園。

　　　II. 車庫在房子左邊。

例子：

　　　這是我的新家。我們家住洋房。

　　　我們家的洋房前面有一個小花園，後面有一個大花園。我們家還有一個車庫。車庫在……

　　　我們家有……

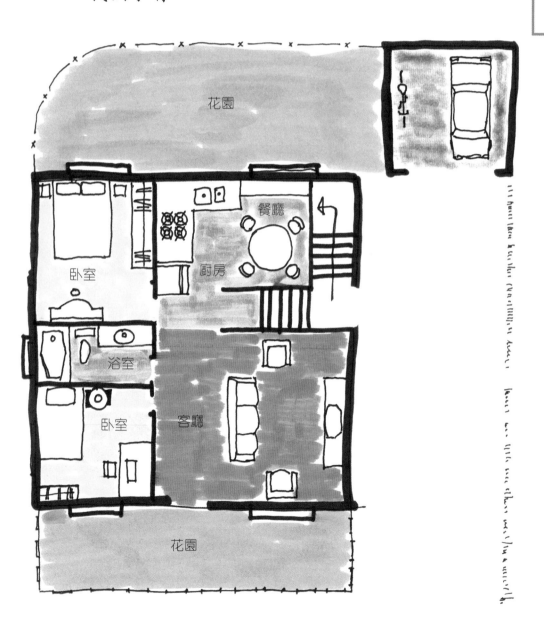

結構：I. 書架<u>上面</u>有很多書。

    II. 牀的<u>對面</u>是一個書架。

    III. 牀頭櫃在牀的<u>左邊</u>。

3 聽課文錄音，回答問題

1) 園園的爺爺奶奶住在哪兒？

2) 園園現在有自己的房間了嗎？

3) 她每天在自己的房間裏做什麼？

4) 在她的房間裏，牀的左邊是什麼？

5) 書桌上有什麼？

6) 衣櫃在哪兒？

7) 書架在哪兒？

8) 書架上有什麼？

課文 1

園園，聽説你搬家了。
yuányuan tīng shuō nǐ bān jiā le

對。我很喜歡我的新家。我叔叔住在
duì wǒ hěn xǐ huan wǒ de xīn jiā wǒ shū shu zhù zài

我家樓上，爺爺奶奶住在樓下。
wǒ jiā lóu shàng yé ye nǎi nai zhù zài lóu xià

你現在有自己的房間了嗎？
nǐ xiàn zài yǒu zì jǐ de fáng jiān le ma

有了。
yǒu le

你高興嗎？
nǐ gāo xìng ma

我很開心。我現在每天都在自己的
wǒ hěn kāi xīn wǒ xiàn zài měi tiān dōu zài zì jǐ de

房間裏做作業、看書、上網。
fáng jiān li zuò zuò yè kàn shū shàng wǎng

你的房間大不大？
nǐ de fáng jiān dà bu dà

挺大的。我的房間裏有牀、牀頭櫃、書桌等等。牀
tǐng dà de wǒ de fáng jiān li yǒu chuáng chuáng tóu guì shū zhuōděngděng chuáng

的左邊是書桌和椅子。書桌上面有我的電腦，下面有
de zuǒ bian shì shū zhuō hé yǐ zi shū zhuōshàngmiàn yǒu wǒ de diàn nǎo xià miàn yǒu

一個小櫃子。牀的對面是衣櫃。衣櫃的旁邊是書架。
yí ge xiǎo guì zi chuáng de duì miàn shì yī guì yī guì de pángbiān shì shū jià

你的書架上有什麼？
nǐ de shū jià shang yǒu shén me

書架上有課
shū jià shang yǒu kè

本、小説、雜
běn xiǎoshuō zá

誌和相框。
zhì hé xiàngkuàng

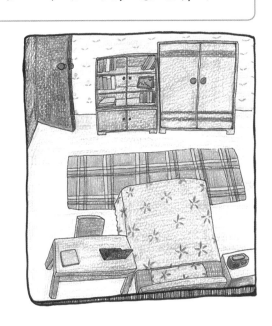

4 根據實際情況回答問題

1) 你的頭髮長不長？

2) 你的朋友多不多？

3) 你的房間大不大？

4) 你家的房子大不大？

5) 你這個星期忙不忙？

6) 你今天高(興)不高興？

7) 你今天開(心)不開心？

8) 你長得高不高？

5 角色扮演

Suppose this is your room. Make a conversation with your partner using the questions suggested.

1) 你有自己的房間嗎？

2) 你的房間大不大？

3) 你的房間裏有什麼？

4) 你的衣櫃裏有什麼衣服？

5) 你的書架上有什麼書？

6) 你的書桌上有什麼？

7) 你常在自己的房間裏做什麼？

8) 你喜歡不喜歡自己的房間？

生詞 2 7

① 亂（乱） *luàn* messy　媽媽說我的房間太亂了。
mā ma shuō wǒ de fáng jiān tài luàn le

▲ Grammar: Pattern: 太 + Adjective + 了

② 包 *bāo* bag　書包 *shū bāo* schoolbag　　**③** 書櫃 *shū guì* book cabinet

④ 鞋 *xié* shoe　鞋子 *xié zi* shoe　運動鞋 *yùn dòng xié* sneakers　鞋櫃 *xié guì* shoe cabinet

⑤ 皮 *pí* leather　皮鞋 *pí xié* leather shoes　　**⑥** 襪（袜）*wà* socks　襪子 *wà zi* socks

⑦ 雙（双）*shuāng* pair; a measure word (used for shoes, socks and hands)　兩雙運動鞋 *liǎng shuāng yùn dòng xié*

⑧ 圍（围）*wéi* enclose　　**⑨** 巾 *jīn* piece of cloth　圍巾 *wéi jīn* scarf

⑩ 條（条）*tiáo* a measure word (used for narrow or thin and long items)　兩條圍巾 *liǎng tiáo wéi jīn*

⑪ 運動服 *yùn dòng fú* sportswear

⑫ 套 *tào* set; a measure word (used for sets of things); cover　一套運動服 *yí tào yùn dòng fú*　手套 *shǒu tào* glove

⑬ 帽 *mào* hat　帽子 *mào zi* hat

⑭ 頂（顶）*dǐng* a measure word (used for something that has a top)　三頂帽子 *sān dǐng mào zi*

⑮ 副 *fù* pair; a measure word (used for accessories)　一副手套 *yí fù shǒu tào*

⑯ 件 *jiàn* piece; a measure word (used for clothes, especially tops)　兩件毛衣 *liǎng jiàn máo yī*

⑰ 桌子 *zhuō zi* table; desk　　**⑱** 耳機 *ěr jī* earphone　　**⑲** 地上 *dì shang* on the ground

⑳ 為（为）什麼 *wèi shén me* why　為什麼衣服在牀上，襪子在地上？
wèi shén me yī fu zài chuáng shang　wà zi zài dì shang

19

結構：I. 地上有一雙運動鞋。

     II. 牀的對面是一個衣櫃。

     III. 牀頭櫃在牀的右邊。

例子：

    這是我弟弟的房間。他的

房間不太大。房間裏有……

    弟弟的房間很亂。他的電腦在椅子上。他的……

你可以用

a) 上面 = 上邊	f) 外面 = 外邊
b) 下面 = 下邊	g) 對面
c) 前面 = 前邊	h) 左邊
d) 後面 = 後邊	i) 右邊
e) 裏面 = 裏邊	j) 旁邊

7 用所給詞語填空

例子：一條牛仔褲

你可以用

a) 連衣裙	b) 書包	c) 帽子	d) 樓房
e) 運動服	f) 飯店	g) 短褲	h) 耳機
i) T 恤衫	j) 公司	k) 同學	l) 洋房
m) 手套	n) 襪子	o) 書櫃	p) 浴室
q) 律師行	r) 毛衣	s) 學校	t) 襯衫
u) 運動鞋	v) 圍巾	w) 皮鞋	x) 卧室

1) 一條 _____

  一條 _____

  一條 _____

2) 一件 _____

  一件 _____

  一件 _____

3) 一幢 _____

  一幢 _____

4) 一副 _____

  一副 _____

5) 一雙 _____

  一雙 _____

  一雙 _____

6) 一個 _____

  一個 _____

  一個 _____

7) 一頂 _____

8) 一家 _____

  一家 _____

  一家 _____

9) 一間 _____

  一間 _____

10) 一套 _____

11) 一所 _____

8 聽課文錄音，回答問題

1) 在他的房間裏，地上有什麼？

2) 牀上有幾條圍巾？

3) 牀上還有什麼？

4) 桌子上有什麼？

5) 他的電腦在哪兒？

6) 鞋櫃在哪兒？

7) 他的房間裏有衣櫃嗎？

8) 他的房間裏有書櫃嗎？

^{mā ma shuō wǒ de fáng jiān tài luàn le}
媽媽説我的房間太亂了。

^{zài wǒ de fáng jiān li　　dì shang yǒu liǎng shuāng yùn dòng xié　　yì shuāng pí xié　　yì shuāng}
在我的房間裏，地上有兩雙運動鞋、一雙皮鞋、一雙

^{zú qiú wà hé yí ge shū bāo　　chuáng shang yǒu liǎng tiáo wéi jīn　　sān tiáo niú zǎi kù　　yì tiáo yùn dòng}
足球襪和一個書包。牀上有兩條圍巾、三條牛仔褲、一條運動

^{duǎn kù　　yí tào yùn dòng fú　　sān dǐng mào zi　　yí fù shǒu tào　　hái yǒu liǎng jiàn máo yī　　zhuō}
短褲、一套運動服、三頂帽子、一副手套，還有兩件毛衣。桌

^{zi shàng miàn yǒu wǒ de shǒu jī hé ěr jī　　zhuō zi xià miàn yǒu wǒ de diàn nǎo　　shū hé zá zhì}
子上面有我的手機和耳機，桌子下面有我的電腦、書和雜誌。

^{mā ma shuō　　　　kè tīng li yǒu xié guì　　wèi shén me xié zi zài dì shang　　fáng jiān li yǒu}
媽媽説："客廳裏有鞋櫃，為什麼鞋子在地上？房間裏有

^{yī guì　　wèi shén me yī fu zài chuáng shang　　wà zi zài dì shang　　fáng jiān li yǒu shū guì　　wèi}
衣櫃，為什麼衣服在牀上，襪子在地上？房間裏有書櫃，為

^{shén me shū hé zá zhì zài zhuō zi xià miàn}
什麼書和雜誌在桌子下面？"

9 用所給結構完成句子

結構：I. 我爸爸有很多襯衫。
_{has}

II. 媽媽的裙子有長的，也有短的。
_{for listing}

III. 書架上有課本、雜誌和相框。
_{there is}

1) 他今年參加了很多課外活動，有 _____ 。

2) 她有很多朋友，有 _____ 。

3) 她有很多毛衣，有 _____ 。

4) 她長得高高的、瘦瘦的，她有 _____ 。

5) 他的房間很亂，地上有 _____ 。

6) 她的書架上有 _____ 。

7) 他的衣櫃裏有 _____ 。

你可以用

a) 打網球　打冰球　踢足球　彈鋼琴　跳舞　游泳　滑冰
b) 中國人　美國人　法國人　英國人　德國人　西班牙人　新加坡人
c) 紅色　黑色　白色　藍色　黃色　橙色　紫色　棕色　粉色
d) 眼睛　鼻子　嘴巴　頭髮　臉
e) 襯衫　褲子　裙子　皮鞋　襪子　手套　圍巾　帽子　運動服
f) 小説　課本　雜誌　手機　耳機　電腦　相框

Draw your room and describe it to class.

例子：

這是我的房間。我的房間不太大，但是我很喜歡我的房間。

我的房間裏有……。牀的對面是書架。書架上有……。書桌在書架的旁邊。書桌上有……。衣櫃在……。衣櫃裏有連衣裙、襯衫、牛仔褲等等。……

我每天都在我的房間裏做作業、看書、上網。

11 角色扮演

Suppose you have moved into a new home. Invite your friend to visit your new home and show him / her around.

例子：

（在學校）

朋友：聽說你們家上個週末搬家了。

你：對。你什麼時候來我家？

朋友：我今天下午去你家，行嗎？

你：行。你幾點來？

朋友：三點半，可以嗎？

你：可以。你怎麼來？

朋友：我媽媽會開車送我。

……

你可以用

a) 游泳池在房子後面。

b) 房子的右邊是車庫。

c) 我們的房子一共有三層。

d) 我們的新家一共有三間臥室。

e) 我爸爸媽媽的臥室很大，我的臥室很小。

f) 我現在有自己的房間了。我很高興。

g) 我的房間很亂。鞋子和衣服都在地上。

h) 我想早點兒回家。

i) 我爸爸可以開車送你回家。

（在你家）

你：請進！請坐！

朋友：謝謝！

你：你想喝點兒什麼？

……

朋友：你的新家好大！我喜歡你的新家。

你：謝謝！我們家一共有三層。

朋友：你的臥室在幾樓？

……

生詞 1 9

① cān
餐 meal; food

② zhōng
中 Chinese　zhōng cān
中餐 Chinese food

③ xī
西 Western　xī cān
西餐 Western food

zhōng cān　xī cān，wǒ dōu xǐ huan chī
中餐、西餐，我都喜歡吃。

> ▲ Grammar: a) The object can be put in the front of a sentence for emphasis.
> b) Sentence Pattern: Object, Subject + Verb

④ kuài
快 fast　kuài cān
快餐 fast-food

⑤ miàn
麵（面） wheat flour; noodles　miàn bāo
麵包 bread

⑥ tiáo
條 long narrow piece　miàn tiáo
麵條 noodles

⑦ jī
雞（鸡） chicken

⑧ dàn
蛋 egg　jī dàn
雞蛋 egg

⑨ nǎi
奶 milk　niú nǎi
牛奶 milk

⑩ zhī
汁 juice　guǒ zhī
果汁 juice

⑪ huò zhě
或者 either; or

wǒ hē niú nǎi huò zhě guǒ zhī
我喝牛奶或者果汁。

> ▲ Grammar: "或者" is used in statements.

⑫ hái shi
還是 or

nǐ xǐ huan chī zhōng cān hái shi xī cān
你喜歡吃中餐還是西餐？

> ▲ Grammar: "還是" is used in questions.

⑬ rè
熱（热） hot

⑭ gǒu
狗 dog　rè gǒu
熱狗 hotdog

⑮ sān míng zhì
三明治 sandwich

⑯ bǐng
餅（饼） round flat cake　bǐ sà bǐng
比薩（萨）餅 pizza

⑰ bǐ rú
比如 for example; such as

wǒ yì bān chī kuài cān，bǐ rú rè gǒu、sān míng zhì、bǐ sà bǐng
我一般吃快餐，比如熱狗、三明治、比薩餅。

⑱ chǎo
炒 stir-fry　chǎo miàn
炒麵 fried noodles

⑲ fàn
飯 cooked rice　chǎo fàn
炒飯 fried rice

⑳ hé
盒 box　hé fàn
盒飯 box meal

㉑ kě lè
可樂 coke

㉒ zuò
做 make　zuò fàn
做飯 cook

1 模仿例子，編對話

例子：

A: 你喜歡吃中餐還是西餐？

B: 中餐、西餐，我都喜歡吃。

① 果汁　牛奶

④ 三明治　比薩餅

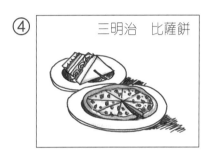

② 中餐　快餐

⑤ 日語　法語

③ 皮鞋　運動鞋

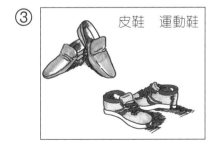

⑥ 上海　北京

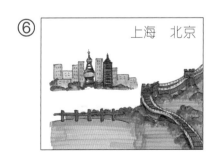

2 用所給結構看圖説話

結構：我晚飯吃炒麵或者炒飯。

①  午飯

④  早上

②  晚飯

⑤  中午

③  下午

⑥  早飯

3 聽課文錄音，回答問題

1) 周冰每天都吃早飯嗎？

2) 她早飯吃什麼？喝什麼？

3) 她午飯一般吃快餐還是中餐？

4) 她經常吃什麼快餐？

5) 她晚飯吃什麼？

6) 她喜歡吃中餐還是西餐？

7) 她會做飯嗎？

8) 她想學做飯嗎？

課文 1　🎧10

周冰，你每天都吃早飯嗎？
zhōubīng nǐ měi tiān dōu chī zǎo fàn ma

對，我每天都吃。
duì wǒ měi tiān dōu chī

你早飯吃什麼？
nǐ zǎo fàn chī shén me

我吃麵包、雞蛋，喝牛奶或者果汁。
wǒ chī miàn bāo jī dàn hē niú nǎi huò zhě guǒ zhī

午飯呢？
wǔ fàn ne

我一般吃快餐，比如熱狗、三明治、比薩餅。我有時候也吃中餐，比如麵條、炒飯、盒飯。我經常喝可樂和果汁。
wǒ yì bān chī kuài cān bǐ rú rè gǒu sān míng zhì bǐ sà bǐng wǒ yǒu shí hou yě chī zhōng cān bǐ rú miàn tiáo chǎo fàn hé fàn wǒ jīng cháng hē kě lè hé guǒ zhī

你們家晚飯吃什麼？
nǐ men jiā wǎn fàn chī shén me

中餐、西餐，我們都吃。
zhōng cān xī cān wǒ men dōu chī

你喜歡吃中餐還是西餐？
nǐ xǐ huan chī zhōng cān hái shi xī cān

中餐、西餐，我都喜歡吃。
zhōng cān xī cān wǒ dōu xǐ huan chī

你會做飯嗎？
nǐ huì zuò fàn ma

我不會，但是我想學。外婆，您教我做炒麵吧！
wǒ bú huì dàn shì wǒ xiǎng xué wài pó nín jiāo wǒ zuò chǎomiàn ba

Fill in what you eat and drink for your three meals in a day. Complete the conversation below.

例子：

周冰：你每天都吃早飯嗎？

你：對，我每天都吃。你呢？

周冰：我也每天都吃早飯。我早飯吃

　　　麵包、雞蛋，喝牛奶或者果汁。

　　　你早飯吃什麼？

你：我早飯吃……

周冰：你午飯吃什麼？

……

你可以用
zhōu a) 粥 porridge; congee
bāo zi b) 包子 steamed stuffed bun
suān nǎi c) 酸奶 yoghurt
mǐ fàn d) 米飯 cooked rice
tāng e) 湯 soup
niú pái f) 牛排 beef steak
chǎo cài g) 炒菜 stir-fried dish
zhēng yú h) 蒸魚 steamed fish
tǔ dòu i) 土豆 potato
hú luó bo j) 胡蘿蔔 carrot

周冰的一日三餐	你的一日三餐
早飯：麵包、雞蛋、牛奶／果汁	早飯：
午飯：快餐（熱狗／三明治／比薩餅） 　　　中餐（麵條／炒飯／盒飯）	午飯：
晚飯：中餐／西餐	晚飯：

生詞 2 🎧 11

①
suān
酸 sour　　　suān nǎi
酸奶 yoghurt　　　**②**
cháng cháng
常 常 often

③
zhū
豬（猪）pig　　　**④**
ròu
肉 meat　　　zhū ròu
豬肉 pork　　　niú ròu
牛肉 beef

⑤
zuì
最 most　　　wǒ zuì xǐ huan chī ròu
我最喜歡吃肉。

⑥
pái
排 ribs　　　zhū pái
豬排 pork chop　　　wǒ zhōng wǔ jīng cháng chī zhū pái fàn hé niú ròu fàn
我中午經常吃豬排飯和牛肉飯。

⑦
mǐ
米 rice　　　mǐ fàn
米飯 cooked rice

⑧
cài
菜 dish　　　chǎo cài
炒菜 stir-fried dish

⑨
zhēng
蒸 steam　　　**⑩**
yú
魚（鱼）fish

⑪
tāng
湯（汤）soup　　　wǒ men chī mǐ fàn　　chǎo cài　　zhēng yú　　hái hē tāng
我們吃米飯、炒菜、蒸魚，還喝湯。

⑫
zhōu
粥 porridge; congee　　　**⑬**
bāo zi
包子 steamed stuffed bun

zhōu mò　　wǒ men jiā zǎo fàn yì bān hē zhōu　　chī bāo zi
週末，我們家早飯一般喝粥，吃包子。

⑭
zǒng
總（总）always　　　zǒng shì
總是 always　　　zhōng wǔ wǒ men zǒng shì qù yì jiā shàng hǎi fàn diàn chī fàn
中午我們總是去一家上海飯店吃飯。

⑮
fàn cài
飯菜 meal

⑯
hǎo chī
好吃 delicious　　　tā men zuò de fàn cài hěn hǎo chī
他們做的飯菜很好吃。

▲ • • • •

Grammar: Pattern: (Noun + Verb) + 的 + Noun

⑰
nà li
那裏 there

⑱
lóng
籠（笼）steamer　　　xiǎo lóng bāo
小籠包 small steamed meat dumplings　　　nà li de xiǎo lóng bāo zuì hǎo chī
那裏的小籠包最好吃。

結構：我們總是去一家上海飯店吃晚飯。 我午飯一般吃快餐。

我們家晚飯常常／經常吃中餐。 我早飯有時候吃包子。

①
常常
炒菜
蒸魚

⑤
一般
麵包
雞蛋

②
一般
粥
包子

⑥
有時候
中餐
西餐

③
有時候
炒麵
豬排飯

⑦
我們家
經常
湯

④
有時候
汽水
果汁

⑧
姐姐
總是
酸奶

6 模仿例子，看圖說話

小籠包

例子：

我很喜歡吃小籠包。上海飯店的小籠包最好吃。

┌─ **你可以用** ──────────┐
a) 最喜歡　　d) 不太喜歡
b) 很喜歡　　e) 不喜歡
c) 喜歡　　　f) 最不喜歡
└───────────────┘

① 豬肉

② 蒸魚

③ 西餐

④ 粥　包子

⑤ 熱狗　三明治
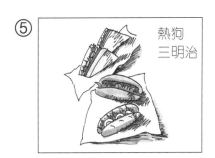

⑥ 湯

7 聽課文錄音，回答問題

1) 他喜歡吃中餐還是西餐？

2) 他早飯吃什麼？喝什麼？

3) 他在哪兒吃午飯？

4) 他喜歡吃什麼肉？

5) 他們家晚飯吃中餐還是西餐？

6) 週末，他們家早飯一般吃什麼？

7) 週末，他們家一般去哪兒吃午飯？

8) 週末，他們家一般在哪兒吃晚飯？

我喜歡吃中餐，也喜歡吃西餐。

我早飯一般吃麵包、雞蛋，喝酸奶、果汁。我午飯在學校吃。我常常吃盒飯，喝可樂。我最喜歡吃肉。豬肉、牛肉，我都喜歡吃。我中午經常吃豬排飯和牛肉飯。我們家晚飯常常吃中餐。我們吃米飯、炒菜、蒸魚，還喝湯。我不太喜歡喝湯。

週末，我們家早飯一般喝粥，吃包子。中午我們總是去一家上海飯店吃飯。他們做的飯菜很好吃。那裏的小籠包最好吃。晚飯我們一般在家吃。

8 角色扮演

Fill in the food and drinks you like / dislike. Complete the conversation below.

例子：

你：你喜歡吃肉嗎？

高英：我很喜歡吃肉。豬肉、牛肉，我都喜歡吃。我午飯常常吃豬排飯和牛肉飯。你喜歡吃肉嗎？

你：⋯⋯。你不喜歡吃什麼？

高英：我不太喜歡吃雞蛋。你呢？

你：⋯⋯。你喜歡喝什麼？

高英：我喜歡喝可樂和果汁。你呢？

⋯⋯

<table>
<tr><td colspan="2">你可以用</td></tr>
<tr><td>a)</td><td>壽司 sushi shòu sī</td></tr>
<tr><td>b)</td><td>春卷 spring roll chūnjuǎn</td></tr>
<tr><td>c)</td><td>餃子 dumpling jiǎo zi</td></tr>
<tr><td>d)</td><td>茶 tea chá</td></tr>
<tr><td>e)</td><td>咖啡 coffee kā fēi</td></tr>
<tr><td>f)</td><td>雞湯 chicken soup jī tāng</td></tr>
<tr><td>g)</td><td>糖醋排骨 sweet and sour spareribs táng cù pái gǔ</td></tr>
<tr><td>h)</td><td>紅燒肉 pork braised in soy sauce hóngshāo ròu</td></tr>
<tr><td>i)</td><td>生煎包 pan-fried stuffed buns shēng jiān bāo</td></tr>
</table>

高英	你
喜歡吃：豬肉、牛肉 　　　　豬排飯、牛肉飯	喜歡吃：
不喜歡吃：雞蛋	不喜歡吃：
喜歡喝：可樂、果汁	喜歡喝：
不喜歡喝：牛奶	不喜歡喝：
週末吃：中餐、西餐	週末吃：

9 用所給問題編對話

1) 你喜歡吃什麼？喜歡喝什麼？

2) 你喜歡吃中餐還是西餐？

3) 你喜歡吃快餐嗎？喜歡吃什麼快餐？

4) 你每天都吃早飯嗎？你今天吃早飯了嗎？吃了什麼？

5) 你午飯一般吃什麼？喝什麼？

6) 你們家晚飯一般吃什麼？你們家一般誰做晚飯？他／她做的哪個菜最好吃？

7) 週末，你們一家人經常去飯店吃飯嗎？常去哪家飯店？你們一般去那裏吃什麼？他們做的飯菜好吃嗎？

10 翻譯

1) 他們做的菜很好吃。

2) 她穿的裙子不好看。

3) 他開的車很大。

4) 她畫的畫兒很好看。

5) 他參加的課外活動不多。

6) 他們家住的房子不太大。

7) 他看的書是英文書。

8) 她聽的音樂是古典音樂。

好看：nice　古典：classical

11 口頭報告

Introduce what you and your family members normally eat for three meals in a day as well as over the weekend.

例子：

　　我們家早飯一般喝粥，吃包子和雞蛋。我午飯在學校吃。我一般吃快餐，比如熱狗、比薩餅。我爸爸午飯一般吃盒飯。他喜歡吃牛肉飯和豬排飯。我媽媽午飯總是吃三明治。我們家晚飯一般吃中餐。我媽媽常常做米飯、炒菜、蒸魚和湯。她做的蒸魚最好吃。

　　週末，我們常常去飯店吃飯。我們經常去一家香港飯店。他們做的炒飯很好吃。

　　我不會做飯，但是我想學做炒麵。我最喜歡吃炒麵！

生詞 1 13

① 去年 qù nián last year　你去年在北京住了一年。
nǐ qù nián zài běi jīng zhù le yì nián

▲ Grammar: a) "一年" serves as the complement of quantity (duration).
b) Pattern: Verb + Complement of Quantity (Duration)

② 明年 míng nián next year

③ 季 jì season　④ 節（节）jié section　季節 jì jié season　⑤ 天 tiān season; weather

⑥ 春 chūn spring　春天 chūn tiān spring　⑦ 夏 xià summer　夏天 xià tiān summer

⑧ 秋 qiū autumn　秋天 qiū tiān autumn　⑨ 冬 dōng winter　冬天 dōng tiān winter

⑩ 氣（气）qì weather; air　天氣 tiān qì weather　⑪ 怎麼樣 zěn me yàng how　北京的冬天天氣怎麼樣？
běi jīng de dōng tiān tiān qì zěn me yàng

⑫ 溫 wēn temperature　氣溫 qì wēn air temperature　⑬ 度 dù degree　零度 líng dù zero degree

⑭ 左右 zuǒ yòu around　氣溫在十五度左右。
qì wēn zài shí wǔ dù zuǒ yòu

⑮ 以上 yǐ shàng above　氣溫常常在三十度以上。
qì wēn cháng cháng zài sān shí dù yǐ shàng

⑯ 以下 yǐ xià below　氣溫經常在零度以下。
qì wēn jīng cháng zài líng dù yǐ xià

⑰ 冷 lěng cold　⑱ 颳（刮）guā blow (of wind)

⑲ 風（风）fēng wind　颳風 guā fēng wind blows　北京的春天常常颳風。
běi jīng de chūn tiān cháng cháng guā fēng

⑳ 下 xià fall　㉑ 雨 yǔ rain　下雨 xià yǔ rain　㉒ 雪 xuě snow　下雪 xià xuě snow

㉓ 晴 qíng fine　晴天 qíng tiān fine day　北京的秋天常常是晴天。
běi jīng de qiū tiān cháng cháng shì qíng tiān

㉔ 那 nà then　那我明年秋天去北京吧！
nà wǒ míng nián qiū tiān qù běi jīng ba

那麼 nà me then　那麼，北京的冬天天氣怎麼樣？
nà me běi jīng de dōng tiān tiān qì zěn me yàng

1 用所給結構編對話

結構： I. 今天很冷。
　　　　　　 adjective
　　　　今天不太熱。

　　　 II. 今天晴天。
　　　　　　 noun

　　　 III. 今天是晴天。
　　　　　　　 noun

IV. 今天有雨。
　　　　　 noun
　　今天有雪。

V. 北京的春天常常颱風。
　　　　　　　　　　 verb
　　北京的夏天不常下雨。

　　北京的冬天有時候下雪。

例子：

A: 今天天氣怎麼樣？

B: 今天是晴天，氣溫在二十八度左右。

A: 明天天氣怎麼樣？

B: 明天會下雨。

A: 明天多少度？

B: 二十二度到二十五度。

今天
晴天 28℃

明天
下雨 22℃～25℃

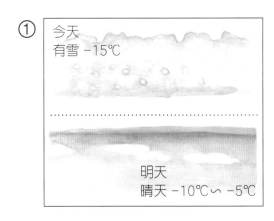

① 今天
有雪 −15℃

明天
晴天 −10℃～−5℃

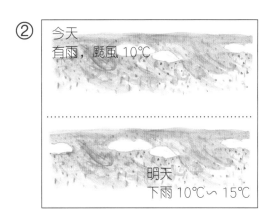

② 今天
有雨，颱風 10℃

明天
下雨 10℃～15℃

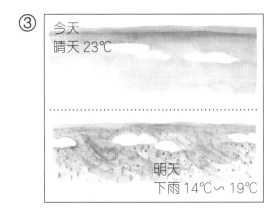

③ 今天
晴天 23℃

明天
下雨 14℃～19℃

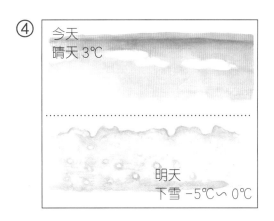

④ 今天
晴天 3℃

明天
下雪 −5℃～0℃

2 用所給結構看圖説話

結構：我<u>在北京</u>住<u>了一年</u>。

①  上海　工作
　　　　　　　　　一年

④  北京　住
　　　　　　　　　十年

②  香港　住
　　　　　　　　　三十年

⑤ _tái běi_
　　台北　工作
　　半年

③  廣州　工作
　　　　　　　　　兩年

⑥ _dà lián_
　　大連　工作
　　五年

3 聽課文錄音，回答問題

1) 李海在北京住了幾年？

5) 北京的夏天常常下雨嗎？

2) 北京的春天冷不冷？

6) 北京的冬天冷不冷？

3) 北京的春天一般多少度？

7) 北京的冬天常常下雪嗎？

4) 北京的夏天熱不熱？

8) 哪個季節去北京最好？為什麼？

課文 1

lǐ hǎi　　nǐ qù nián zài běi jīng zhù le yì nián　　nǎ ge
李海，你去年在北京住了一年。哪個
jì jié qù běi jīng zuì hǎo
季節去北京最好？

běi jīng de chūn tiān tǐng lěng de　　cháng cháng guā fēng　　qì wēn zài shí wǔ
北京的春天挺冷的，常常颳風，氣溫在十五
dù zuǒ yòu　　běi jīng de xià tiān hěn rè　　bù cháng xià yǔ　　qì wēn
度左右。北京的夏天很熱，不常下雨，氣溫
cháng cháng zài sān shí dù yǐ shàng
常常在三十度以上。

nà me　　běi jīng de dōng tiān tiān qì zěn me yàng
那麼，北京的冬天天氣怎麼樣？

běi jīng de dōng tiān hěn lěng　　yǒu shí hou hái xià xuě　　qì wēn jīng cháng
北京的冬天很冷，有時候還下雪，氣溫經常
zài líng dù yǐ xià　　yǒu shí hou huì dào líng xià shí dù
在零度以下，有時候會到零下十度。

běi jīng de qiū tiān ne
北京的秋天呢？

běi jīng de qiū tiān tiān qì zuì hǎo　　bù lěng yě bú rè　　cháng cháng shì qíng tiān
北京的秋天天氣最好，不冷也不熱，常常是晴天。

yì bān duō shao dù
一般多少度？

shí qī dù dào èr shí wǔ dù
十七度到二十五度。

nà wǒ míng nián qiū tiān qù běi jīng ba
那我明年秋天去北京吧！

Suppose your friend Huang Xing（黃興）has been attending an international school in Shanghai for a year. Make a conversation with him about the weather in Shanghai in each of the four seasons.

例子：

你：上海的春天天氣怎麼樣？

黃興：上海的春天常常下雨。

你：春天一般多少度？

黃興：十五度左右，不太冷。

你：上海的夏天天氣怎麼樣？

……

你：你最喜歡哪個季節？

……

春天
常常下雨
15℃左右

夏天
常常是晴天
32℃以上

秋天
天氣最好
不常下雨
10℃～18℃

冬天
很少下雪
0℃左右

生詞 2 🎧 15

① 預（预）*yù* in advance ② 報（报）*bào* report 預報 *yù bào* forecast 天氣預報 *tiān qì yù bào* weather forecast

③ 霧（雾）*wù* fog 明天早上有霧。*míng tiān zǎo shang yǒu wù*

④ 雲（云）*yún* cloud 多雲 *duō yún* cloudy 北京今天多雲。*běi jīng jīn tiān duō yún*

⑤ 轉（转）*zhuǎn* turn 明天下午多雲轉晴。*míng tiān xià wǔ duō yún zhuǎn qíng*

⑥ 陰（阴）*yīn* overcast 陰天 *yīn tiān* overcast day 上海今天陰天。*shàng hǎi jīn tiān yīn tiān*

⑦ 陣（阵）*zhèn* a period of time 陣雨 *zhèn yǔ* shower 上海今天有陣雨。*shàng hǎi jīn tiān yǒu zhèn yǔ*

⑧ 之 *zhī* of 之間 *zhī jiān* between 上海今天氣溫在二十六度到三十二度之間。*shàng hǎi jīn tiān qì wēn zài èr shí liù dù dào sān shí èr dù zhī jiān*

⑨ 可能 *kě néng* possible ⑩ 颱（台）風 *tái fēng* typhoon 明天可能有颱風。*míng tiān kě néng yǒu tái fēng*

⑪ 西安 *xī ān* Xi'an ⑫ 白天 *bái tiān* daytime

⑬ 夜 *yè* night ⑭ 間 *jiān* during 夜間 *yè jiān* at night

⑮ 小雪 *xiǎo xuě* light snow

⑯ 低 *dī* low 西安今天最高氣溫五度，最低氣溫零下四度。*xī ān jīn tiān zuì gāo qì wēn wǔ dù, zuì dī qì wēn líng xià sì dù*

⑰ 後天 *hòu tiān* the day after tomorrow ⑱ 小雨 *xiǎo yǔ* drizzle

⑲ 雷 *léi* thunder 雷雨 *léi yǔ* thunderstorm 明天白天有雷雨。*míng tiān bái tiān yǒu léi yǔ*

上海
今天：小雨　　明天：有霧

你可以用

a) 北京明天有陣雨。

b) 香港今天晴天。

c) 西安明天白天多雲。

d) 後天可能有颱風。

e) 廣州明天最高氣溫三十五
　　度，最低氣溫二十七度。

例子：上海今天有小雨，明天可能有霧。

① huáng shān
黃山
明天白天：陰天　　明天夜間：大雪

② dà lǐ
大理
今天白天：多雲　　今天夜間：有風

③ ào mén
澳門
今天：多雲 29℃～33℃　明天：颱風

④ fèng huáng
鳳凰
明天：晴　　後天：雷雨

6 模仿例子，用所給詞語寫句子

你可以用

a) 昨天　今天　明天　後天
b) 去年　今年　明年　後年

A. Actions that happened in the past

早飯
吃包子

例子：

我今天早飯吃了包子。

1) 午飯　吃盒飯

2) 我們一家人　去上海飯店

3) 我們　上漢語課

B. Actions that will happen in the future

西安
小雪

例子：

西安明天可能有小雪。

1) 廣州　雷雨

2) 香港　颱風

3) 叔叔　出差

7 聽課文錄音，回答問題

1) 北京今天多少度？

2) 北京明天天氣怎麼樣？

3) 上海今天有雨嗎？

4) 上海明天天氣怎麼樣？

5) 西安今天什麼時候會下雪？

6) 西安今天最低氣溫多少度？

7) 香港今天最高氣溫多少度？

8) 香港明天天氣怎麼樣？

tiān qì yù bào
天氣預報

běi jīng jīn tiān duō yún　　qì wēn zài èr shí dù zuǒ yòu
北京今天多雲，氣溫在二十度左右。

míng tiān zǎo shang yǒu wù　　xià wǔ duō yún zhuǎn qíng
明天早上有霧，下午多雲轉晴。

shàng hǎi jīn tiān yīn tiān　　yǒu zhèn yǔ　　qì wēn
上 海今天陰天，有陣雨，氣溫

zài èr shí liù dù dào sān shí èr dù zhī jiān　　míng tiān kě
在二十六度到三十二度之間。明天可

néng yǒu tái fēng
能有颱風。

xī ān jīn tiān bái tiān duō yún　　yè jiān yǒu xiǎo xuě　　zuì
西安今天白天多雲，夜間有小雪，最

gāo qì wēn wǔ dù　　zuì dī qì wēn líng xià sì dù　　míng tiān qíng
高氣溫五度，最低氣溫零下四度。明天晴

tiān　　hòu tiān kě néng yǒu dà xuě
天。後天可能有大雪。

xiāng gǎng jīn tiān yǒu xiǎo yǔ　　zuì gāo qì wēn
香港今天有小雨，最高氣溫

sān shí sān dù　　zuì dī qì wēn èr shí bā dù　　míng tiān
三十三度，最低氣溫二十八度。明天

bái tiān yǒu léi yǔ
白天有雷雨。

8 用所給結構編對話

結構：

I. 今天很冷。
　　adjective
　今天不太熱。

II. 今天（是）晴天。
　　　　　　noun
　今天（是）陰天。

III.今天有颱風。
　　　　　noun
　今天有陣雨。

　今天有雷雨。

　今天有小雨。

　今天有小雪。

　今天有霧。

北京

白天：陰天　夜間：小雨
氣溫：1℃～5℃

今天

明天

白天：多雲　夜間：小雪
氣溫：-1℃左右

例子：

A: 北京今天天氣怎麼樣？

B: 北京今天白天陰天，夜間有小雨。

A: 今天多少度？

B: 一度到五度之間。

A: 明天天氣怎麼樣？

B: 明天白天多雲，夜間有小雪。

A: 明天多少度？

B: 零下一度左右。

上海

白天：多雲　夜間：多雲轉陰
氣溫：25℃～32℃

今天

明天

白天：大雨　夜間：颱風
氣溫：26℃～30℃

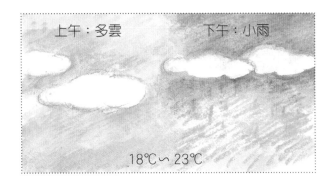

上午：多雲　　　　下午：小雨

18℃～23℃

你可以用

a) 今天天氣很好。

b) 今天不太熱。

c) 今天不冷也不熱。

d) 今天有雨嗎？

e) 今天有雷雨。

f) 今天下午多雲轉陰。

g) 我們去滑冰吧！

h) 我們去哪兒踢足球？

i) 我們可以去學校的游泳池游泳。

j) 我們什麼時候去打網球？

k) 下午三點半，行嗎？

l) 好。一會兒見！

例子：

A: 今天天氣很好，不冷也不熱。

B: 今天多少度？

A: 十八度到二十三度之間。

B: 今天有雨嗎？

A: 下午可能有小雨。

B: 我們上午去游泳吧！

A: 好。我們去哪兒游泳？

……

① 上午：有霧　10℃～15℃　下午：霧轉晴

② 上午：小雪　-5℃～10℃　下午：多雲

10 口頭報告

Choose a city in China. Search on the Internet and describe the weather of each season in that city.

例子：

　　杭州一年有四個季節：春天、夏天、秋天和冬天。

　　杭州的春天常常下雨，氣溫在二十度到二十五度之間。杭州的夏天很熱，白天的氣溫在三十五度左右，夜間的氣溫在三十度左右。杭州的秋天天氣很好，不冷也不熱，常常是晴天。杭州的冬天很冷，最低氣溫在零度左右。

hángzhōu
杭州

fènghuáng
鳳凰

北京

guì lín
桂林

第五課　我生病了

生詞 1

❶ liáng 量 measure

❷ tǐ 體（体）body　　tǐ wēn 體溫 (body) temperature

❸ gěi 給（给）for　　wǒ xiān gěi nǐ liáng yi liáng tǐ wēn 我先給你量一量體溫。

❹ diǎn 點 decimal point　　nǐ sān shí jiǔ diǎn wǔ dù 你三十九點五度。

❺ nà bian 那邊 over there

❻ kàn 看 treat　　kàn bìng 看病 see a doctor

yī shēng yí huìr lái gěi nǐ kàn bìng
醫生一會兒來給你看病。

▲ Grammar: Pattern: 給 ... 看病 / 量體溫

❼ jué 覺 feel　　jué de 覺得 feel; think

❽ shū 舒 relax　　shū fu 舒服 be well　　nǐ jué de nǎr bù shū fu 你覺得哪兒不舒服？

❾ ké 咳 cough

❿ sòu 嗽 cough　　ké sou 咳嗽 cough

wǎn shang shuì jué de shí hou wǒ hái ké sou
晚上睡覺的時候我還咳嗽。

▲ Grammar: "... 的時候" refers to the time when something happened.

⓫ fā 發 break out

⓬ shāo 燒（烧）have a fever　　fā shāo 發燒 have a fever

nǐ shì cóng shén me shí hou kāi shǐ fā shāo de
你是從什麼時候開始發燒的？

▲ Grammar: a) The "是 ... 的" structure emphasizes the time, place, manner or purpose of a completed action.
b) Sentence Pattern: Subject + 是 + Time Word / Place Word / Manner / Purpose + Verb Phrase + 的

⓭ kāi 開 write out

⓮ yào 藥（药）medicine　　wǒ gěi nǐ kāi diǎnr yào 我給你開點兒藥。

⓯ xiū 休 rest

⓰ xī 息 rest　　xiū xi 休息 rest

⓱ yào 要 should; need

nǐ yào duō hē shuǐ duō xiū xi
你要多喝水，多休息！

▲ Grammar: Some one-word adjectives can be put before verbs.

⓲ shēng 生 come about

⓳ bìng 病 sickness; ill　　shēng bìng 生病 be ill

1 模仿例子，看圖說話

醫生　奶奶　看病

例子：

醫生給奶奶看病。

①

媽媽
小弟弟
量體溫

②

醫生
外公
開藥

③

今天早上
叔叔
覺得

④

今天
李阿姨
休息

2 翻譯

1) 我們是上個月五號搬家的。

2) 我是午飯以前開始覺得不舒服的。

3) 你是從什麼時候開始發燒的？

4) 你是在哪兒出生的？

5) 你們是在哪個飯店吃晚飯的？

6) 他們不是坐火車去上海的。

3 用所給結構看圖說話

結構：你要<u>多</u>喝水！　　你要<u>少</u>吃肉！

① 看

② 喝

③ 吃

④ 喝

⑤ 休息

⑥ 跑步

⑦ 游泳

⑧ 喝

⑨ 吃

4 聽課文錄音，回答問題

1) 在醫院，他先做了什麼？

2) 他發燒嗎？多少度？

3) 他咳嗽嗎？

4) 他是從什麼時候開始發燒的？

5) 醫生給他開藥了嗎？

6) 醫生說他要做什麼？

7) 他明天能去上學嗎？

8) 醫生說他要在家休息幾天？

1

wǒ xiān gěi nǐ liáng yi liáng tǐ wēn　sān shí jiǔ
我先給你量一量體溫。三十九

diǎn wǔ dù　　nǐ qù nà bian děng yi děng
點五度。你去那邊等一等，

yī shēng yí huìr lái gěi nǐ kàn bìng
醫生一會兒來給你看病。

hǎo　xiè xie
好。謝謝！

2

nǐ jué de nǎr bù shū fu
你覺得哪兒不舒服？

wǒ fā shāo le　wǎn shang shuì jiào de shí hou wǒ hái ké sou
我發燒了。晚上睡覺的時候我還咳嗽。

nǐ shì cóng shén me shí hou
你是從什麼時候

kāi shǐ fā shāo de
開始發燒的？

wǒ shì zuó tiān wǎn fàn yǐ hòu kāi
我是昨天晚飯以後開

shǐ jué de bù shū fu de
始覺得不舒服的。

wǒ gěi nǐ kāi diǎnr yào　nǐ yào
我給你開點兒藥。你要

duō hē shuǐ　duō xiū xi
多喝水，多休息！

qǐng wèn　wǒ míng tiān néng qù shàng xué ma
請問，我明天能去上學嗎？

nǐ míng tiān bù néng qù shàng xué　nǐ shēng bìng
你明天不能去上學。你生病

le　yào zài jiā xiū xi liǎng tiān
了，要在家休息兩天。

nà hǎo ba　xiè xie yī shēng
那好吧。謝謝醫生！

bú kè qi
不客氣。

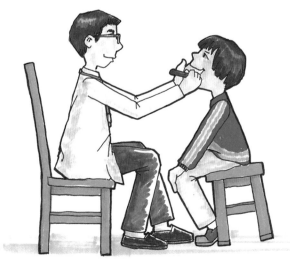

Suppose you were sick and your mum took you to the hospital. Make two conversations with your partner.

例子：

（在醫院）

護士：我先給你量一量體溫。

三十八點六度。請去

四號房間。

你：好。謝謝！

（在四號房間）

醫生：你覺得哪兒不舒服？

……

護士：nurse

你可以用

a) 你是從什麼時候開始覺得不舒服的？

b) 你是從什麼時候開始發燒的？

c) 你睡覺的時候咳嗽嗎？

d) 你今天早飯吃了什麼？

e) 我給你開點兒藥。

f) 我明天能去上學嗎？

g) 你今天和明天都不能去上學。

h) 你要在家休息兩天。

i) 你要多喝水，多休息！

j) 我能吃點兒什麼？

k) 你可以喝粥，喝湯。

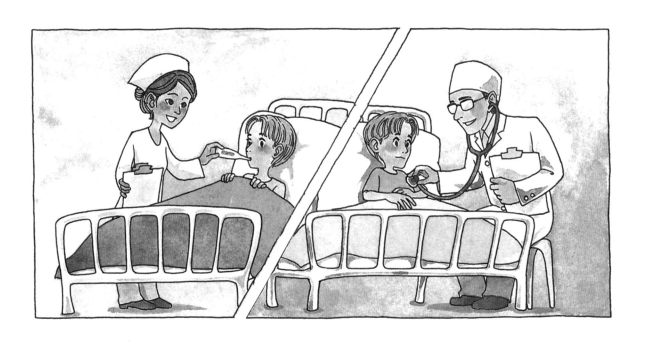

生詞 2 🎧 19

① ^{tòng} 痛 ache; pain　　^{tóu tòng} 頭痛 headache

② ^{téng} 疼 ache; pain　　**③** ^{sǎng} 嗓 throat　　^{sǎng zi} 嗓子 throat

④ ^{lā} 拉 empty the bowels　　**⑤** ^{dù} 肚 belly; stomach　　^{dù zi} 肚子 belly; stomach

^{lā dù zi} 拉肚子 have loose bowels　　^{wǒ fā shāo tóu tòng sǎng zi téng hái lā dù zi} 我發燒、頭痛、嗓子疼，還拉肚子。

⑥ ^{mǎ shàng} 馬上 at once　　**⑦** ^{dài} 帶（带）take　　^{mā ma mǎ shàng dài wǒ qù kàn le yī shēng} 媽媽馬上帶我去看了醫生。

⑧ ^{hù} 護（护）protect; guard　　**⑨** ^{shì} 士 person trained in a specific job　　^{hù shi} 護士 nurse

⑩ ^{yí xià} 一下 used after a verb, to show a short and a quick action　　^{hù shi gěi wǒ liáng le yí xià tǐ wēn} 護士給我量了一下體溫。

⑪ ^{gǎn} 感 feel　　**⑫** ^{mào} 冒 emit　　^{gǎn mào} 感冒 catch cold　　^{yī shēng shuō wǒ gǎn mào le} 醫生說我感冒了。

⑬ ^{jiào} 叫 ask　　^{yī shēng jiào wǒ duō hē shuǐ duō xiū xi} 醫生叫我多喝水，多休息。

⑭ ^{zuì hòu} 最後 in the end　　**⑮** ^{zhāng} 張（张）a measure word (used of paper, a painting, a ticket, a table, a bed, etc.)

⑯ ^{jià} 假 leave of absence　　^{bìng jià} 病假 sick leave　　**⑰** ^{tiáo} 條 slip　　^{bìng jià tiáo} 病假條 sick-leave slip

^{zuì hòu yī shēng gěi wǒ kāi le yì zhāng bìng jià tiáo} 最後，醫生給我開了一張病假條。

⑱ ^{ràng} 讓（让）let; allow　　^{yī shēng ràng wǒ zài jiā xiū xi liǎng tiān} 醫生讓我在家休息兩天。

⑲ ^{shí} 時 hour　　^{xiǎo shí} 小時 hour　　^{xià wǔ wǒ shuì le liǎng ge xiǎo shí jiào} 下午我睡了兩個小時覺。

▲　• • • • •

Grammar: Pattern: Verb + Complement of Duration + Object (excluding people)

⑳ ^{suī} 雖（虽）^{rán} 然 although　　^{suī rán dàn shì} 雖然……，但是…… although

^{suī rán wǒ hěn xiǎng míng tiān qù shàng xué dàn shì mā ma bú ràng wǒ qù} 雖然我很想明天去上學，但是媽媽不讓我去。

你可以用

a) 一個小時	兩個小時	三個小時	d) 一天	兩天	三天
b) 一個星期	兩個星期	三個星期	e) 一年	兩年	三年
c) 一個月	兩個月	三個月			

結構：爸爸在上海工作了十年。　　我下午睡了兩個小時覺。

①
北京
工作
兩個月

④
客廳
看電視
一個小時

②
家
休息
一個星期

⑤
書房
做作業
三個小時

③
上海
住
五年

⑥
房間
睡覺
十個小時

7 用所給結構看圖說話

結構：你要多運動！　　你要少看電視！

① 喝水

② 上網

③ 休息

④ 喝汽水

⑤ 吃魚

⑥ 吃零食

⑦ 吃飯

⑧ 穿衣服

8 聽課文錄音，回答問題

1) 她是從什麼時候開始覺得不舒服的？

2) 她哪兒不舒服？

3) 在醫院，她先做了什麼？

4) 醫生叫她做什麼？

5) 醫生讓她休息幾天？

6) 吃藥以前，她先吃了什麼？

7) 她下午睡了幾個小時覺？

8) 她明天能去上學嗎？為什麼？

sān yuè shí èr rì xīng qī sān
三月十二日星期三

duō yún
多雲

jīn tiān zǎo shang wǒ jué de hěn bù shū fu　wǒ fā shāo　tóu tòng　sǎng zi téng　hái lā

今天早上我覺得很不舒服。我發燒、頭痛、嗓子疼，還拉

dù zi　mā ma mǎ shàng dài wǒ qù kàn le yī shēng

肚子。媽媽馬上帶我去看了醫生。

zài yī yuàn　hù shi xiān gěi wǒ liáng le yí xià tǐ wēn　rán hòu yī shēng gěi wǒ kàn le

在醫院，護士先給我量了一下體溫，然後醫生給我看了

bìng　yī shēng shuō wǒ gǎn mào le　tā gěi wǒ kāi le yào　hái jiào wǒ duō hē shuǐ　duō xiū

病。醫生說我感冒了。她給我開了藥，還叫我多喝水，多休

xi　zuì hòu　yī shēng gěi wǒ kāi le yì zhāng bìng jià tiáo　ràng wǒ zài jiā xiū xi liǎng tiān

息。最後，醫生給我開了一張病假條，讓我在家休息兩天。

dào jiā yǐ hòu　wǒ xiān chī le diǎnr miàn tiáo　rán hòu chī le yào　xià wǔ wǒ shuì le

到家以後，我先吃了點兒麵條，然後吃了藥。下午我睡了

liǎng ge xiǎo shí jiào　wǎn shang wǒ bù fā shāo le

兩個小時覺。晚上我不發燒了。

suī rán wǒ hěn xiǎng míng tiān qù shàng xué　dàn shì mā ma bú ràng wǒ qù

雖然我很想明天去上學，但是媽媽不讓我去。

9 用所給詞語完成句子

1) 雖然媽媽不工作，但是 ＿＿＿＿＿＿＿＿ 。

2) 雖然今天下大雪，但是 ＿＿＿＿＿＿＿＿ 。

3) 雖然我很想明天去上學，但是 ＿＿＿＿＿＿ 。

4) 雖然爸爸會做飯，但是 ＿＿＿＿＿＿＿＿ 。

5) 雖然現在是夏天，但是 ＿＿＿＿＿＿＿＿ 。

6) 雖然他的房間裏有衣櫃，但是 ＿＿＿＿＿ 。

你可以用

a) 氣溫　衣服　褲子
b) 覺得　讓　　叫
c) 好吃　高　　低
　　熱　　冷　　忙

10 模仿例子，猜一猜圖中人物在說什麼

例子：醫生說我感冒了。

結構：醫生讓我<u>多休息</u>。　爸爸明年會帶我<u>去北京</u>。

醫生叫我<u>少喝汽水</u>。　媽媽會帶弟弟<u>去看病</u>。

①
醫生　叫
運動

⑤
爸爸　叫
喝

②
醫生　讓
休息

⑥
媽媽　帶
外婆家

③
媽媽　讓
穿

⑦
媽媽　帶
游泳

④
老師　叫
說

⑧
爸爸　帶
足球

12 角色扮演

Suppose your friend Mingming（明明）was sick today. Call him and make a conversation about his absence.

例子：

你：明明，你今天去上學了嗎？我今天沒有看見你。

明明：我今天沒有去上學。

你：為什麼？

明明：我病了。

你：你覺得哪兒不舒服？

明明：……

你：你去看醫生了嗎？

明明：……

你：你現在還發燒嗎？

明明：……

你：你明天會去上學嗎？

明明：……

你：醫生讓你休息幾天？

明明：……

你：你在家做什麼？

……

你可以用

a) 我發燒、頭痛，還拉肚子。

b) 我今天在家休息了一天。

c) 醫生給我開了一點兒藥。

d) 醫生叫我多喝水，多睡覺。

e) 我現在不發燒了，但是還咳嗽。

f) 我明天很想去上學，但是媽媽不讓我去。

g) 我在牀上休息。我不想看書，也不想看電視。

h) 我今天下午睡了兩個小時覺。

第六課　我的寵物

生詞 1 21

① 養（养）raise　yǎng

② 寵（宠）spoil　chǒng

③ 物 creature　寵物 pet　wù　chǒng wù

④ 過（过）a particle　你養過寵物嗎？　guo　nǐ yǎng guo chǒng wù ma

▲ Grammar: "過" can be used after a verb to show an experience.

⑤ 小時候 in one's childhood　xiǎo shí hou

⑥ 貓（猫）cat　māo

⑦ 隻（只）a measure word (used for animals)　zhī　我現在養了一隻狗和一隻貓。　wǒ xiàn zài yǎng le yì zhī gǒu hé yì zhī māo

⑧ 因 because of　因為 because　yīn　yīn wèi

⑨ 所以 so　因為……，所以…… because　suǒ yǐ　yīn wèi　suǒ yǐ

⑩ 牠（它）it　牠們 they; them (non-human, animal)　tā　tā men

⑪ 身 body　身上 on one's body　shēn　shēn shang

⑫ 毛 hair; fur　因為牠身上的毛是白色的，所以我叫牠"雪球"。　máo　yīn wèi tā shēn shang de máo shì bái sè de　suǒ yǐ wǒ jiào tā　xuě qiú

▲ Grammar: a) "牠", "雪球" are both objects of "叫".
b) Sentence Pattern: Subject + Verb + Object₁ + Object₂

⑬ 尾 tail　尾巴 tail　wěi　wěi ba

⑭ 灰 grey　灰白色 greyish white　huī　huī bái sè

⑮ 為 for　你要為雪球和小花做什麼？　wèi　nǐ yào wèi xuě qiú hé xiǎo huā zuò shén me

⑯ 餵（喂）feed　我每天都餵牠們。　wèi　wǒ měi tiān dōu wèi tā men

⑰ 澡 bath　洗澡 bathe　我常常給牠們洗澡。　zǎo　xǐ zǎo　wǒ cháng cháng gěi tā men xǐ zǎo

⑱ 散 let out　散步 take a walk　sàn　sàn bù

⑲ 差不多 almost　我差不多每天都帶雪球去散步。　chà bu duō　wǒ chà bu duō měi tiān dōu dài xuě qiú qù sàn bù

1 模仿例子，看圖說話

例子：

　　這隻狗頭上的毛是棕色的。牠的毛短短的。牠的眼睛大大的，鼻子和嘴巴都小小的。牠的尾巴很長。

你可以用

a) 這隻貓的尾巴短短的。
b) 這隻狗身上的毛是灰白色的。
c) 牠身上的毛長長的。
d) 牠有大大的眼睛。
e) 牠有大耳朵、大眼睛和小嘴巴。
f) 黑色 白色 黃色 棕色 灰白色
g) 眼睛 鼻子 嘴巴 耳朵 頭 臉 毛
h) 長 短 大 小 胖 瘦 圓

2 用所給結構寫句子

結構： 你養過寵物嗎？

1) 學西班牙語

2) 去北京

3) 吃小籠包

4) 滑冰

3 完成句子

1) 因為小狗身上的毛是白色的，所以 _____。

2) 雖然我今天覺得不太舒服，但是 _____。

3) 爸爸喜歡一邊跑步一邊 _____。

4) 因為我的房間裏 _____，所以我的書都在客廳裏。

5) 因為 _____，所以我每天都吃牛肉飯或者豬排飯。

6) 因為 _____，所以我想明年秋天去北京。

7) 雖然 _____，但是今天不太冷。

Task Make one sentence for each of the following:

    a) 一邊……一邊……

    b) 雖然……，但是……

    c) 因為……，所以……

4 聽課文錄音，回答問題

1) 王月小時候養過什麼寵物？   5) 她的貓身上的毛是什麼顏色的？

2) 她現在養了什麼寵物？   6) 她的貓叫什麼名字？

3) 為什麼她的狗叫"雪球"？   7) 她的貓幾歲了？

4) 她的狗長什麼樣？   8) 王月要為她的寵物做什麼？

課文 1

<ruby>王<rt>wáng</rt></ruby><ruby>月<rt>yuè</rt></ruby>，你<ruby>養<rt>yǎng</rt></ruby><ruby>過<rt>guo</rt></ruby><ruby>寵<rt>chǒng</rt></ruby><ruby>物<rt>wù</rt></ruby><ruby>嗎<rt>ma</rt></ruby>？

<ruby>我<rt>wǒ</rt></ruby><ruby>小<rt>xiǎo</rt></ruby><ruby>時<rt>shí</rt></ruby><ruby>候<rt>hou</rt></ruby><ruby>養<rt>yǎng</rt></ruby><ruby>過<rt>guo</rt></ruby><ruby>魚<rt>yú</rt></ruby>。<ruby>我<rt>wǒ</rt></ruby><ruby>現<rt>xiàn</rt></ruby><ruby>在<rt>zài</rt></ruby><ruby>養<rt>yǎng</rt></ruby><ruby>了<rt>le</rt></ruby><ruby>一<rt>yì</rt></ruby><ruby>隻<rt>zhī</rt></ruby><ruby>狗<rt>gǒu</rt></ruby><ruby>和<rt>hé</rt></ruby><ruby>一<rt>yì</rt></ruby><ruby>隻<rt>zhī</rt></ruby><ruby>貓<rt>māo</rt></ruby>。

<ruby>你<rt>nǐ</rt></ruby><ruby>的<rt>de</rt></ruby><ruby>狗<rt>gǒu</rt></ruby><ruby>叫<rt>jiào</rt></ruby><ruby>什<rt>shén</rt></ruby><ruby>麼<rt>me</rt></ruby><ruby>名<rt>míng</rt></ruby><ruby>字<rt>zi</rt></ruby>？

<ruby>因<rt>yīn</rt></ruby><ruby>為<rt>wèi</rt></ruby><ruby>牠<rt>tā</rt></ruby><ruby>身<rt>shēn</rt></ruby><ruby>上<rt>shang</rt></ruby><ruby>的<rt>de</rt></ruby><ruby>毛<rt>máo</rt></ruby><ruby>是<rt>shì</rt></ruby><ruby>白<rt>bái</rt></ruby><ruby>色<rt>sè</rt></ruby><ruby>的<rt>de</rt></ruby>，<ruby>所<rt>suǒ</rt></ruby><ruby>以<rt>yǐ</rt></ruby><ruby>我<rt>wǒ</rt></ruby><ruby>叫<rt>jiào</rt></ruby><ruby>牠<rt>tā</rt></ruby>"<ruby>雪<rt>xuě</rt></ruby><ruby>球<rt>qiú</rt></ruby>"。

<ruby>牠<rt>tā</rt></ruby><ruby>長<rt>zhǎng</rt></ruby><ruby>什<rt>shén</rt></ruby><ruby>麼<rt>me</rt></ruby><ruby>樣<rt>yàng</rt></ruby>？

<ruby>牠<rt>tā</rt></ruby><ruby>的<rt>de</rt></ruby><ruby>眼<rt>yǎn</rt></ruby><ruby>睛<rt>jing</rt></ruby><ruby>大<rt>dà</rt></ruby><ruby>大<rt>dà</rt></ruby><ruby>的<rt>de</rt></ruby>，<ruby>鼻<rt>bí</rt></ruby><ruby>子<rt>zi</rt></ruby><ruby>和<rt>hé</rt></ruby><ruby>嘴<rt>zuǐ</rt></ruby><ruby>巴<rt>ba</rt></ruby><ruby>都<rt>dōu</rt></ruby><ruby>小<rt>xiǎo</rt></ruby><ruby>小<rt>xiǎo</rt></ruby><ruby>的<rt>de</rt></ruby>。<ruby>牠<rt>tā</rt></ruby><ruby>的<rt>de</rt></ruby><ruby>尾<rt>wěi</rt></ruby><ruby>巴<rt>ba</rt></ruby><ruby>很<rt>hěn</rt></ruby><ruby>短<rt>duǎn</rt></ruby>。

<ruby>你<rt>nǐ</rt></ruby><ruby>的<rt>de</rt></ruby><ruby>貓<rt>māo</rt></ruby><ruby>叫<rt>jiào</rt></ruby><ruby>什<rt>shén</rt></ruby><ruby>麼<rt>me</rt></ruby><ruby>名<rt>míng</rt></ruby><ruby>字<rt>zi</rt></ruby>？<ruby>牠<rt>tā</rt></ruby><ruby>幾<rt>jǐ</rt></ruby><ruby>歲<rt>suì</rt></ruby><ruby>了<rt>le</rt></ruby>？

<ruby>因<rt>yīn</rt></ruby><ruby>為<rt>wèi</rt></ruby><ruby>牠<rt>tā</rt></ruby><ruby>身<rt>shēn</rt></ruby><ruby>上<rt>shang</rt></ruby><ruby>的<rt>de</rt></ruby><ruby>毛<rt>máo</rt></ruby><ruby>是<rt>shì</rt></ruby><ruby>灰<rt>huī</rt></ruby><ruby>白<rt>bái</rt></ruby><ruby>色<rt>sè</rt></ruby><ruby>的<rt>de</rt></ruby>，<ruby>所<rt>suǒ</rt></ruby><ruby>以<rt>yǐ</rt></ruby><ruby>我<rt>wǒ</rt></ruby><ruby>叫<rt>jiào</rt></ruby><ruby>牠<rt>tā</rt></ruby>"<ruby>小<rt>xiǎo</rt></ruby><ruby>花<rt>huā</rt></ruby>"。<ruby>牠<rt>tā</rt></ruby><ruby>一<rt>yí</rt></ruby><ruby>歲<rt>suì</rt></ruby><ruby>了<rt>le</rt></ruby>。

<ruby>你<rt>nǐ</rt></ruby><ruby>要<rt>yào</rt></ruby><ruby>為<rt>wèi</rt></ruby><ruby>雪<rt>xuě</rt></ruby><ruby>球<rt>qiú</rt></ruby><ruby>和<rt>hé</rt></ruby><ruby>小<rt>xiǎo</rt></ruby><ruby>花<rt>huā</rt></ruby><ruby>做<rt>zuò</rt></ruby><ruby>什<rt>shén</rt></ruby><ruby>麼<rt>me</rt></ruby>？

<ruby>我<rt>wǒ</rt></ruby><ruby>每<rt>měi</rt></ruby><ruby>天<rt>tiān</rt></ruby><ruby>都<rt>dōu</rt></ruby><ruby>餵<rt>wèi</rt></ruby><ruby>牠<rt>tā</rt></ruby><ruby>們<rt>men</rt></ruby>，<ruby>常<rt>cháng</rt></ruby><ruby>常<rt>cháng</rt></ruby><ruby>給<rt>gěi</rt></ruby><ruby>牠<rt>tā</rt></ruby><ruby>們<rt>men</rt></ruby><ruby>洗<rt>xǐ</rt></ruby><ruby>澡<rt>zǎo</rt></ruby>。<ruby>我<rt>wǒ</rt></ruby><ruby>差<rt>chà</rt></ruby><ruby>不<rt>bu</rt></ruby><ruby>多<rt>duō</rt></ruby><ruby>每<rt>měi</rt></ruby><ruby>天<rt>tiān</rt></ruby><ruby>都<rt>dōu</rt></ruby><ruby>帶<rt>dài</rt></ruby><ruby>雪<rt>xuě</rt></ruby><ruby>球<rt>qiú</rt></ruby><ruby>去<rt>qù</rt></ruby><ruby>散<rt>sàn</rt></ruby><ruby>步<rt>bù</rt></ruby>。

Suppose these are Li Shan's（李山）two pets. Make a conversation with your partner using the questions suggested.

1) 你小時候養過什麼寵物？

2) 你現在養了什麼寵物？

3) 你的狗叫什麼名字？

4) 你的狗長什麼樣？

5) 你的狗幾歲了？

6) 你要為你的寵物做什麼？

7) 你喜歡養寵物嗎？

例子：

你：聽説你小時候養過很多寵物。

李山：對。我養過狗和貓，還養過魚。

你：你喜歡養魚嗎？

李山：我非常喜歡養魚。

你：你現在養了什麼寵物？

……

小安　一歲
我要：餵牠、給牠洗澡、帶牠去散步

小雪　一個月
我要：餵牠、給牠洗澡

生詞 2 **23**

❶ 只 zhǐ only　　樂樂只有兩個月大。
lè le zhǐ yǒu liǎng ge yuè dà

▲ Grammar: "有" is used for estimation.

❷ 聰（聪）cōng clever　　**❸** 明 míng bright　聰明 cōngmíng clever　　**❹** 可 kě be worth (doing)　可愛 kě ài cute

❺ 又 yòu (both) ... and...　又……又…… yòu yòu both... and...

牠們都又聰明又可愛。
tā men dōu yòu cōngmíng yòu kě ài

▲ Grammar: Pattern: 又 + Adjective + 又 + Adjective
又 + Verb + 又 + Verb

❻ 東（东）dōng east　　**❼** 西 xī west　東西 dōng xi stuff　歡歡非常喜歡吃東西。
huānhuan fēi cháng xǐ huan chī dōng xi

❽ 活潑（泼）huó pō lively　　**❾** 好動 hào dòng active　樂樂很活潑，很好動。
lè le hěn huó pō hěn hào dòng

❿ 非 fēi not　　**⓫** 常 cháng ordinary　非常 fēi cháng extremely　　**⓬** 玩 wán play

⓭ 時間 shí jiān time　我沒有時間跟牠們一起玩。
wǒ méi yǒu shí jiān gēn tā men yì qǐ wán

▲ Grammar: Pattern: 跟 ... 一起 + Verb

⓮ 吵 chǎo noisy

⓯ 有點兒 yǒu diǎnr somewhat　樂樂有點兒吵。
lè le yǒu diǎnr chǎo

▲ Grammar: "有點兒" can be put before an adjective.

⓰ 診（诊）zhěn examine (a patient)　　**⓱** 所 suǒ used as a name of an institution or organization　診所 zhěn suǒ clinic

⓲ 如 rú if　如果 rú guǒ if　如果牠們生病了，我還要帶牠們去寵物診所看病。
rú guǒ tā menshēngbìng le wǒ hái yào dài tā men qù chǒng wù zhěn suǒ kàn bìng

例子：

因為他非常喜歡吃快餐，所以他長得有點兒胖。

你可以用

a) 因為他非常喜歡喝可樂，所以他長得有點兒胖。

b) 我感冒了。醫生讓我在家休息兩天。

c) 那隻小狗長得胖胖的。牠的臉圓圓的，眼睛大大的，耳朵小小的。

d) 哥哥常常跟同學一起踢足球。

e) 弟弟長得很可愛。他又聰明又活潑。

f) 小妹妹有點兒吵。

g) 小狗如果生病了，媽媽要帶牠去寵物診所看病。

①

小貓……

④ 這隻狗……

②

爸爸……

⑤ 小弟弟……

③ 小妹妹……

⑥ 姐姐……

7 用所給結構完成句子

A. 結構：小狗又聰明又可愛。

1) 哥哥長得 _____ 。

2) 今天 _____ 。

3) 奶奶今天 _____ 。

4) 小妹妹 _____ 。

B. 結構：今天有點兒熱，最高氣溫二十八度。

1) 這個星期爸爸工作 _____ 。

2) 弟弟的房間 _____ 。

3) 昨天晚上下雪了，所以今天 _____ 。

4) 爺爺今天 _____ 。

你可以用

a) 下雨　下雪
　　颱風　咳嗽
　　發燒

b) 舒服　聰明
　　可愛　活潑
　　冷　　忙　亂
　　高　　矮
　　胖　　瘦

8 聽課文錄音，回答問題

1) 她家養了什麼寵物？

2) 歡歡今年幾歲了？

3) 歡歡長什麼樣？

4) 為什麼歡歡有點兒胖？

5) 樂樂身上的毛是什麼顏色的？

6) 樂樂長得胖不胖？

7) 為什麼樂樂有時候會有點兒吵？

8) 如果歡歡和樂樂生病了，她會做什麼？

我們家養了兩隻狗，一隻叫"歡歡"，一隻叫"樂樂"。

歡歡今年四歲了，樂樂只有兩個月大。牠們都又聰明又可愛。

歡歡身上的毛是棕色的。牠有大眼睛、大鼻子、大嘴巴和長耳朵。歡歡非常喜歡吃東西，所以牠有點兒胖。樂樂身上的毛是白色的。牠長得瘦瘦的。牠的毛短短的。樂樂很活潑，很好動。

我非常喜歡歡歡和樂樂。但是，如果我沒有時間跟牠們一起玩，樂樂會有點兒吵。如果牠們生病了，我還要帶牠們去寵物診所看病。

9 模仿例子，看圖說話

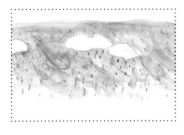

例子：

今天又颱風又下雨。

又……又……

---

①

因為……，所以……

②

讓　休息

③

有點兒　吵

---

④

跟……一起

⑤

如果　看病

⑥

叫　多

---

⑦

雖然……，但是……

⑧

小時候　養

⑨

都　喜歡

Suppose your dog is sick. You and your mum took it to the vet. Make a conversation with the vet.

例子：

醫生：牠叫什麼名字？

你：牠叫果果。

醫生：牠哪兒不舒服？

你：牠昨天沒有吃東西。

醫生：牠今天吃東西了嗎？

你：牠今天也沒有吃東西。

牠只喝了一點兒水。

……

┌─ 你可以用 ─────────┐

a) 牠今天吃了什麼？

b) 牠今天小便了嗎？

c) 牠今天大便了嗎？

d) 牠拉肚子嗎？

e) 牠經常生病嗎？

f) 你經常給牠洗澡嗎？

g) 你每天都帶牠去散步嗎？

h) 我給牠開點兒藥。

i) 你讓牠多喝水。

j) 牠生病的時候，別讓牠吃太多肉。

└──────────────────┘

小便：pee   大便：poop

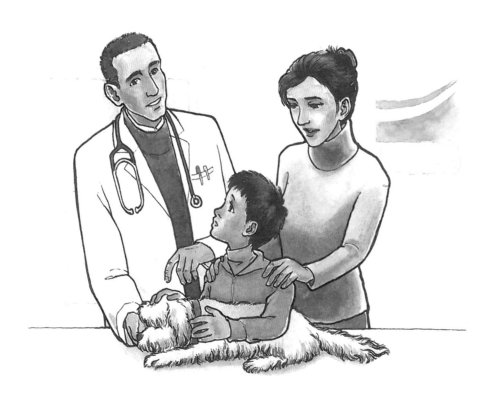

11 口頭報告

Present to class your experience of keeping a pet.

例子：

　　這是我的小狗。牠的名字叫毛毛。牠身上的毛是棕色的。牠有大大的眼睛、小小的鼻子和小小的嘴巴。牠的尾巴短短的。

　　我每天都餵毛毛。因為毛毛很好動，所以每天晚飯以後我都帶牠去散步。

　　毛毛有時候會生病。上個星期牠感冒了，還發燒。我和媽媽帶牠去寵物診所看病。醫生給牠開了一點兒藥。

　　因為我的作業非常多，有時候不能跟毛毛一起玩，牠會有點兒吵。但是，毛毛是一隻非常可愛的小狗。牠又聰明又活潑。我很喜歡牠！

Task 如果你養了這隻狗/貓，你會為牠做什麼？

第七課　我家附近有商場

生詞 1 25

1. shè 設（设）set up
2. shī 施 carry out　shè shī 設施 facilities
3. fù 附 nearby
4. jìn 近 near　fù jìn 附近 nearby　nǐ men jiā fù jìn yǒu shén me gōng gòng shè shī 你們家附近有什麼公共設施？
5. dì 地 place
6. fāng 方 place　dì fang 地方 place
7. gōng yuán 公園 park
8. lán 籃（篮）basket　lán qiú 籃球 basketball
9. chǎng 場（场）a public place　lán qiú chǎng 籃球場 basketball court

zú qiú chǎng 足球場 football pitch　wǎng qiú chǎng 網球場 tennis court　huá bīng chǎng 滑冰場 skating rink　shāng chǎng 商場 shopping mall

10. cè 廁（厕）toilet
11. suǒ 所 place　cè suǒ 廁所 toilet
12. nàr 那兒 there　nàr 那兒 = nà li 那裏　wǒ men nàr hái yǒu yí ge dà shāng chǎng 我們那兒還有一個大商場。

13. shāng diàn 商店 shop; store
14. chāo 超 super
15. shì 市 market　chāo shì 超市 supermarket

16. shū diàn 書店 bookstore
17. zhuāng 裝（装）clothes　fú zhuāng 服裝 clothes　fú zhuāng diàn 服裝店 clothes store

18. yǐng 影 movie　diàn yǐng 電影 movie　diàn yǐng yuàn 電影院 cinema

19. mǎi 買（买）buy　nǐ zài nà ge shāng chǎng mǎi guo yī fu ma 你在那個商場買過衣服嗎？

20. hǎo kàn 好看 good-looking
21. guì 貴（贵）expensive

22. kě 可 but　kě shì 可是 but; however　suī rán nà li de yī fu hěn hǎo kàn，kě shì fēi cháng guì 雖然那裏的衣服很好看，可是非常貴。

1 看圖說話

① 我家附近的公共設施有……

② 商場裏有……

③ 服裝店裏有……

④ 書店裏有……

⑤ 超市裏有……

2 模仿例子，編對話

服裝店

超市

寵物店

例子：

A: 你在這家服裝店買過衣服嗎？

B: 買過。我很喜歡這家服裝店。

A: 你為什麼喜歡在這裏買衣服？

B: 因為這裏的衣服很好看，也不太貴。

A: 你一般去這裏買什麼衣服？

B: 我常去買牛仔褲、襯衫和 T 恤衫。

你可以用

a) 你一般去哪兒買衣服？

b) 你為什麼不在那兒買衣服？

c) 雖然那兒的衣服很好看，可是非常貴。

d) 那兒的衣服不好看，還很貴。

e) 你常在這家超市買東西嗎？

f) 你在那家寵物店買過寵物嗎？

g) 你一般去書店買什麼書？

書店

3 聽課文錄音，回答問題

1) 她家附近有什麼公共設施？

2) 那個公園裏有籃球場嗎？

3) 那個商場裏有什麼商店？

4) 那個商場裏有寵物診所嗎？

5) 她常去商場裏的書店做什麼？

6) 他們一家人經常去哪兒吃飯？

7) 她在那個商場買過衣服嗎？

8) 她為什麼不在那兒買衣服？

課文 1 26

你們家附近有什麼公共設施？
nǐ men jiā fù jìn yǒu shén me gōnggòng shè shī

我們住的地方附近有一個大公園。公園裏有
wǒ men zhù de dì fang fù jìn yǒu yí ge dà gōngyuán gōngyuán li yǒu

游泳池、滑冰場、籃球場、足球場、網球場
yóu yǒng chí huá bīng chǎng lán qiú chǎng zú qiú chǎng wǎng qiú chǎng

和公共廁所。我們那兒還有一個大商場。
hé gōnggòng cè suǒ wǒ men nàr hái yǒu yí ge dà shāngchǎng

商場裏有什麼商店？
shāngchǎng li yǒu shén me shāngdiàn

有超市、飯店、書店、服裝店、鞋店等等。
yǒu chāo shì fàn diàn shū diàn fú zhuāngdiàn xié diàn děngděng

商場裏還有一家電影院和一家寵物診所。
shāngchǎng li hái yǒu yì jiā diàn yǐng yuàn hé yì jiā chǒng wù zhěn suǒ

你常去那個商場嗎？
nǐ cháng qù nà ge shāngchǎng ma

對。我常常去那裏的電影院看電
duì wǒ cháng cháng qù nà li de diàn yǐng yuàn kàn diàn

影，去書店看書、買書。我還經常
yǐng qù shū diàn kàn shū mǎi shū wǒ hái jīng cháng

跟爸爸媽媽一起去那裏的飯店吃飯。
gēn bà ba mā ma yì qǐ qù nà li de fàn diàn chī fàn

你在那個商場買過衣服嗎？
nǐ zài nà ge shāngchǎng mǎi guo yī fu ma

沒買過。雖然那裏的衣服
méi mǎi guo suī rán nà li de yī fu

很好看，可是非常貴。
hěn hǎo kàn kě shì fēi cháng guì

1) 你們家附近有什麼公共設施？

2) 你常去超市買東西嗎？你一般去那裏買什麼東西？

3) 你常去書店買書嗎？你買過什麼書？

4) 你一般去哪兒買衣服？那裏的衣服好看嗎？那裏的衣服貴嗎？你一般去那裏買什麼衣服？

5) 你一般去哪家電影院看電影？你一般去那裏看什麼電影？你上個週末去那裏看電影了嗎？你看了什麼電影？好看嗎？

6) 你們家常去哪家飯店吃飯？那裏的飯菜好吃嗎？你們一般吃什麼？這個週末你們會去那裏吃飯嗎？

你可以用

a) 我常常去超市買麵包、水果、零食等等。

b) 我買過中文書，也買過英文書。

c) 我常去大中服裝店買衣服。那裏的衣服很好看，也不太貴。

d) 我一般去大上海電影院看電影。我經常去那裏看中國電影、美國電影和法國電影。

e) 我們下個週末會去北京飯店吃飯。

生詞 2

① shōu
收 receive

② jiàn
件 document　shōu jiàn rén
收件人 recipient

③ fā
發 send out　fā jiàn rén
發件人 sender

④ zhǔ
主 main

⑤ tí
題（题）topic　zhǔ tí
主題 subject

⑥ huò
貨（货）product　bǎi huò shāng diàn
百貨商店 department store

⑦ zhàn
站 stop; station　dì tiě zhàn
地鐵站 subway station

⑧ gé
隔 separate

⑨ bì
壁 wall　gé bì
隔壁 next door

diàn yǐng yuàn de gé bì shì yí ge huá bīng chǎng
電影院的隔壁是一個滑冰場。

⑩ shì
市 city

⑪ xīn
心 centre　zhōng xīn
中心 centre　shì zhōng xīn
市中心 city centre

⑫ biàn
便 convenient　fāng biàn
方便 convenient

cóng wǒ jiā zuò dì tiě qù shì zhōng xīn fēi cháng fāng biàn
從我家坐地鐵去市中心非常方便。

⑬ lù
路 route

⑭ bā shì
巴士 bus

⑮ zhōng
鐘（钟）time (in hours and minutes)　fēn zhōng
分鐘 minute

⑯ yuǎn
遠（远）far

⑰ lí
離（离）away (from)　wǒ jiā lí bà ba de gōng sī bù yuǎn
我家離爸爸的公司不遠。

▲ **Grammar:** Sentence Pattern: Noun₁ + 離 + Noun₂ + 很 / 不 + 遠 / 近

⑱ jiān
間 between　zhōng jiān
中間 between

⑲ jiù
就 exactly; as early as

wǒ de xué xiào jiù zài gōng gòng qì chē zhàn hé gōng yuán zhōng jiān
我的學校就在公共汽車站和公園中間。

mā ma zuò lù bā shì shàng bān shí wǔ fēn zhong jiù dào le
媽媽坐 28 路巴士上班，十五分鐘就到了。

▲ **Grammar:** a) "就" shows that the speaker thinks the action is early, fast.
　　　　b) Sentence Pattern: Subject + Time Word + 就 + Verb Phrase (+ 了)

A. 結構：我家附近有一個大商場。

 商場
附近
足球場

 超市
後面
銀行

B. 結構：電影院隔壁是地鐵站。

 飯店
樓上
書店

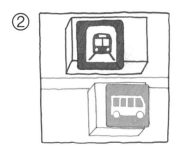 地鐵站
對面
公共汽車站

C. 結構：學校在醫院前面。

 游泳池
百貨商店
右邊

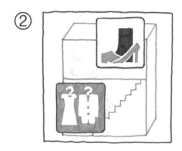 服裝店
鞋店
樓下

D. 結構：學校就在公園右邊。

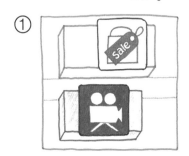 商場
電影院
對面

 滑冰場
網球場
隔壁

6 模仿例子，看圖説話

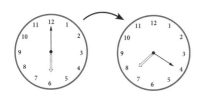

例子：

一個小時二十分鐘

你可以用

a) 五分鐘　十分鐘

b) 一刻鐘　三刻鐘

c) 半個小時

d) 一個小時　兩個小時

e) 一個小時十分鐘　兩個小時一刻鐘

f) 一個半小時　兩個半小時

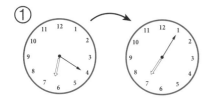 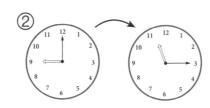 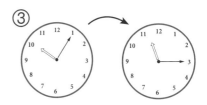

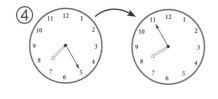 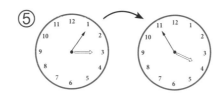 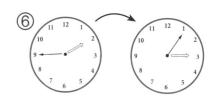

7 聽課文錄音，回答問題

1) 小雨家附近的商場有幾層？

2) 商場的一層有什麼商店？

3) 商場的二層有什麼商店？

4) 電影院在哪兒？

5) 她家離地鐵站遠嗎？

6) 她媽媽每天怎麼上班？

7) 小雨的學校在哪兒？

8) 她每天怎麼上學？

收件人：王美文　mwwang@yahoo.com

發件人：李小雨　xyli@gmail.com

主題：我們搬家了

阿姨：

您好！

　　我們上個週末搬家了。我們的新家附近有一個大商場。商場有兩層：一層有一家百貨商店和一個大超市。二層有服裝店、書店、飯店等等。商場的下面是地鐵站。商場的對面是一個大公園。商場的左邊有一家電影院。電影院的隔壁是一個滑冰場。

　　我家離地鐵站很近。從我家坐地鐵去市中心非常方便。我家離公共汽車站也挺近的。媽媽坐28路巴士上班，十五分鐘就到了。我家離爸爸的公司也不遠。我的學校就在公共汽車站和公園中間，非常近。我每天都走路上學。

祝好！

小雨

82

8 用所給結構看圖說話

A. 結構：我的學校就在公共汽車站和公園中間。
　　　　　　　　exactly

① 　　書店
　　　　　　　　飯店
　　　　　　　　隔壁

② 　　鞋店
　　　　　　　　服裝店
　　　　　　　　樓上

③ 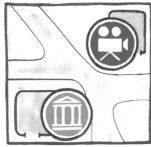　　學校
　　　　　　　　電影院
　　　　　　　　附近

④ 　　滑冰場
　　　　　　　　籃球場
　　　　　　　　對面

B. 結構：我家離地鐵站很近，走路五分鐘就到了。
　　　　　　　　　　as early as

① 　　上海　香港
　　　　　　　　兩個小時

② 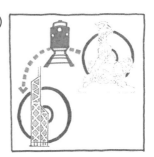　　廣州　香港
　　　　　　　　兩個小時

③ 　　我家　學校
　　　　　　　　一刻鐘

④ 　　我家　超市
　　　　　　　　五分鐘

1) 你家附近有什麼公共設施？

2) 你家附近有大商場嗎？那個商場
   裏有什麼商店？你喜歡那個商場
   嗎？為什麼？你在那個商場買過
   衣服嗎？

公園

3) 你家附近有百貨商店嗎？那家百
   貨商店一共有幾層？那裏的東西
   貴嗎？你常去那裏買什麼？

足球場

4) 你家附近有公園嗎？你經常去那
   個公園嗎？

5) 你家附近有電影院嗎？你一般
   去電影院看中文電影還是英文
   電影？

飯店

6) 你家離地鐵站遠嗎？你家離公共
   汽車站遠嗎？你一般怎麼去市中
   心？

7) 你家離學校遠嗎？你每天怎麼上
   學？

市中心

商場

10 口頭報告

Draw your neighbourhood and present it to class.

例子：

　　我家附近有一家大商場。商場裏有書店、服裝店、診所等等。
商場的下面有地鐵站、公共汽車站和一家電影院。商場的對面有一
所中學和一所小學。……

　　我很喜歡住在這裏，因為……

第八課　我的新朋友

生詞 1

① jiāo
交 befriend　　jiāo péng you
交朋友 make friends　　wǒ jīn tiān jiāo le yí ge xīn péng you
我今天交了一個新朋友。

② zhēn
真 true; really　　zhēn de ma
真的嗎？　　wǒ zhēn wèi nǐ gāo xìng
我真為你高興！

③ bān
班 class　　tóng bān
同班 classmate; be in the same class　　tā shì bu shì nǐ de tóng bān tóng xué
她是不是你的同班同學？

④ tóng suì
同歲 of the same age　　tā hé wǒ tóng suì
她和我同歲。

⑤ bǐ
比 than　　tā de tóu fà bǐ wǒ de cháng
她的頭髮比我的長。　　tā zhǎng de bǐ wǒ gāo
她長得比我高。

> ▲ **Grammar:** **Sentence Pattern: Noun₁ + 比 + Noun₂ + Adjective**
> **Noun₁ + Verb + 得 + 比 + Noun₂ + Adjective**

⑥ juǎn
卷 curl　　juǎn fà
卷髮 curly hair　　tā yǒu hēi hēi de juǎn fà
她有黑黑的卷髮。　　⑦ yí yàng
一樣 same

⑧ gēn
跟 as　　tā de ài hào gēn wǒ de yí yàng
她的愛好跟我的一樣。

> ▲ **Grammar:** **Sentence Pattern: ... 跟 ... (不) 一樣**

⑨ tí
提 carry; lift　　xiǎo tí qín
小提琴 violin　　⑩ lā
拉 play (musical instruments with bows)　　lā xiǎo tí qín
拉小提琴 play the violin

⑪ cǎi
彩 colour　　shuǐ cǎi
水彩 watercolour　　shuǐ cǎi huà
水彩畫 watercolour painting

⑫ guó
國 national　　guó huà
國畫 traditional Chinese painting　　⑬ yóu
油 oil　　yóu huà
油畫 oil painting

⑭ pái qiú
排球 volleyball　　dǎ pái qiú
打排球 play volleyball

⑮ tè
特 special　　⑯ bié
別 difference　　tè bié
特別 special　　tā tè bié xǐ huan dǎ lán qiú hé dǎ pái qiú
她特別喜歡打籃球和打排球。

⑰ xiào
笑 laugh at　　xiào hua
笑話 joke　　⑱ jiǎng
講（讲） say; tell　　jiǎng xiào hua
講笑話 crack a joke

⑲ a
啊 a particle (used to express a casual tone)　　hǎo a
好啊！

86

1 用所給結構看圖說話並寫下來

結構：明彩的愛好跟張香的一樣。

　　　　明彩的房間跟張香的不一樣。

1) _____

2) _____

3) _____

4) _____

5) _____

6) _____

2 用所給結構完成句子

結構：她比我胖。

她的頭髮比我的長。

她長得比我高。

姐姐

妹妹

哥哥

1) 妹妹 _____ 。

2) 姐姐的手 _____ 。

3) 姐姐長得 _____ 。

4) 哥哥長得 _____ 。

5) 妹妹 _____ 。

6) 姐姐 _____ 。

7) 哥哥 _____ 。

3 聽課文錄音，回答問題

1) 她和美文在一個班嗎？

2) 她和美文，誰長得高？

3) 她和美文，誰的頭髮長？

4) 她的愛好跟美文的一樣嗎？

5) 美文喜歡畫什麼畫兒？

6) 美文喜歡做什麼運動？

7) 美文還喜歡做什麼？

8) 她什麼時候請美文去她家玩？

課文 1　🎧30

mā ma　　wǒ jīn tiān jiāo le yí ge xīn péng you　　tā jiào měi wén
媽媽，我今天交了一個新朋友。她叫美文。

zhēn de ma　　wǒ zhēn wèi nǐ gāo xìng
真的嗎？我真為你高興！
tā shì bu shì nǐ de tóng bān tóng xué
她是不是你的同班同學？

duì　　tā hé wǒ tóng bān　　hái hé wǒ tóng suì
對。她和我同班，還和我同歲。

tā zhǎng shén me yàng
她長什麼樣？

tā zhǎng de bǐ wǒ gāo　　tā de tóu fa bǐ wǒ
她長得比我高。她的頭髮比我
de cháng　　tā yǒu hēi hēi de juǎn fà
的長。她有黑黑的卷髮。

tā yǒu shén me ài hào
她有什麼愛好？

tā de ài hào gēn wǒ de yí yàng　　tā yě xǐ huan lā xiǎo tí
她的愛好跟我的一樣。她也喜歡拉小提
qín　　huà shuǐ cǎi huà　　huà guó huà hé huà yóu huà　　tā tè bié
琴、畫水彩畫、畫國畫和畫油畫。她特別
xǐ huan dǎ lán qiú hé dǎ pái qiú　　tā hái hěn ài jiǎng xiào hua
喜歡打籃球和打排球。她還很愛講笑話。

nǐ shén me shí hou qǐng tā lái wǒ men jiā wán
你什麼時候請她來我們家玩？

zhè ge zhōu mò　　xíng ma
這個週末，行嗎？

hǎo a　　wǒ hěn xiǎng jiàn yi jiàn tā
好啊！我很想見一見她。

Suppose you have made a new friend. Introduce your new friend to your mum. Make a conversation with your partner. You should include:

- his/her name, age and nationality
- his/her family
- language(s) he/she can speak
- his/her appearance
- his/her hobbies
- what he/she likes to eat and drink

例子：

你：媽媽，我今天交了一個新朋友。她叫……

媽媽：真的嗎？她是你的同班同學嗎？

你：……

媽媽：她是哪國人？

你：……。她長得很好看。……

媽媽：你請她來我們家玩吧！

你：好啊！我請她星期六下午來，行嗎？我們可以先去打網球，然後……

媽媽：行。

你：她能不能在我們家吃晚飯？

……

你可以用

a) 她和我同歲。我們還是同班同學。

b) 她的臉圓圓的，眼睛大大的。

c) 她有長長的卷髮。

d) 她的頭髮比我的長。

e) 她長得比我高，比我瘦。

f) 她的愛好跟我的一樣。她也喜歡打排球和畫水彩畫。

g) 她特別喜歡運動。

h) 她喜歡彈鋼琴和拉小提琴。

i) 她是獨生女。

j) 她會說英語、德語和一點兒漢語。

k) 她特別喜歡吃比薩餅。

生詞 2

❶ xué nián 學年 academic or school year　　**❷** kāi xué 開學 school starts

❸ dì 第 a prefix (used to indicate ordinal numbers)　dì yī 第一 first　jīn tiān shì xīn xué nián kāi xué de dì yī tiān 今天是新學年開學的第一天。

❹ dān 擔（担）take on　dān xīn 擔心 feel anxious　wǒ zǎo shang qù xué xiào de shí hou yǒu diǎnr dān xīn 我早上去學校的時候有點兒擔心。

❺ jié 節 a measure word (used for lessons)　dì yī jié shì hàn yǔ kè 第一節是漢語課。

❻ wán 完 finish　shàng wán hàn yǔ kè yǐ hòu wǒ men yì qǐ qù shàng yīng yǔ kè 上完漢語課以後，我們一起去上英語課。

> Grammar: a) "完" serves as the complement of result.
> b) Sentence Pattern: Verb + 完 + Object + 以後 , ...

❼ yǐ 已 already　**❽** jīng 經 pass through　yǐ jīng 已經 already

❾ chéng 成 become　zhōng wǔ chī fàn de shí hou wǒ men yǐ jīng chéng le péng you 中午吃飯的時候，我們已經成了朋友。　**❿** jiā ná dà 加拿大 Canada

⓫ liàng 亮 bright　piào liang 漂亮 beautiful　tā zhǎng de hěn piào liang 她長得很漂亮。

> Grammar: a) "很漂亮" serves as the complement of degree.
> b) Pattern: Verb + 得 + Complement of Degree

⓬ gè zi 個子 height　**⓭** zhí 直 straight　**⓮** rè xīn 熱心 warm-hearted; enthusiastic　xiǎo yīng zi shì yí ge rè xīn rén 小英子是一個熱心人。

⓯ xiāng 相 each other　xiāng tóng 相同 same　wǒ men yǒu xiāng tóng de ài hào 我們有相同的愛好。

⓰ yǔ 羽 feather　**⓱** máo 毛 feather　yǔ máo 羽毛 feather　yǔ máo qiú 羽毛球 badminton　dǎ yǔ máo qiú 打羽毛球 play badminton

⓲ pīng pāng 乒乓 table tennis　pīng pāng qiú 乒乓球 table tennis　dǎ pīng pāng qiú 打乒乓球 play table tennis

⓳ huá xuě 滑雪 ski　tā huá xuě huá de tǐng hǎo de 她滑雪滑得挺好的。

> Grammar: a) "挺好的" serves as the complement of degree.
> b) Pattern: Verb + Object + Verb + 得 + Complement of Degree

結構：上完漢語課<u>以後</u>，我們去上英文課。

①
吃早飯
爺爺
散步

④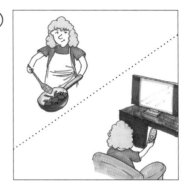
做晚飯
媽媽
看電視

②
吃午飯
奶奶
睡覺

⑤
吃晚飯
爸爸
看書

③
做作業
明明
看電視

⑥
上鋼琴課
哥哥
踢足球

6 用所給結構看圖說話

結構：他長得很高。　　　　他打籃球打得很好。

她長得很漂亮。　　　　她滑雪滑得很好。

  畫油畫

  打乒乓球

  拉小提琴

 彈鋼琴

 畫國畫

  游泳

7 聽課文錄音，回答問題

1) 為什麼她早上有點兒擔心？

2) 她今天第一節是什麼課？

3) 小英子是在哪兒出生的？

4) 小英子長得怎麼樣？

5) 她和小英子，誰的個子高？

6) 小英子喜歡做什麼運動？

7) 小英子從幾歲開始滑雪？

8) 小英子滑雪滑得怎麼樣？

今天是新學年開學的第一天。我早上去學校的時候有點兒擔心,因為我在這個學校還沒有朋友。

第一節是漢語課。坐在我旁邊的同學叫小英子。上完漢語課以後,我們一起去上英語課。中午吃飯的時候,我們已經成了朋友。

小英子是在加拿大出生、長大的。她長得很漂亮。她的個子比我的矮。她有長長的直髮。她的頭髮黑黑的。小英子是一個熱心人。我們有相同的愛好。我們都喜歡打羽毛球和打乒乓球。她還喜歡滑雪。她從五歲開始滑雪。她說她滑雪滑得挺好的。

8 用所給問題編對話

1) 你是哪國人？你是在哪兒出生的？是在哪兒長大的？

2) 你會說什麼語言？你是從什麼時候開始學漢語的？

3) 你家有幾口人？你家有誰？

4) 你爸爸媽媽都工作嗎？你爸爸每天幾點上班？他每天怎麼上班？

5) 你家離學校遠嗎？你每天怎麼上學？

6) 你每天上幾節課？你每個星期有幾節漢語課？

7) 你星期一第一節是什麼課？

8) 你每天都有作業嗎？你一般做幾個小時作業？

9) 你有幾個好朋友？他們是哪國人？介紹一下你最好的朋友。

10) 你有什麼愛好？

11) 你喜歡運動嗎？你最喜歡做什麼運動？

12) 你喜歡畫畫兒嗎？你會畫油畫嗎？你畫得怎麼樣？

13) 你會拉小提琴嗎？你是從什麼時候開始學拉小提琴的？你拉小提琴拉得怎麼樣？

介紹：introduce

Interview one of the senior students in your school using the questions suggested.

1) 你叫什麼名字？

2) 你上幾年級？

3) 你是在哪兒出生的？是在哪兒長大的？

4) 你家有幾口人？你家有誰？

5) 你爸爸媽媽都工作嗎？他們做什麼工作？他們工作忙嗎？

6) 你爸爸媽媽學過漢語嗎？

7) 你會說什麼語言？

8) 你是從什麼時候開始學漢語的？你喜歡學漢語嗎？

9) 從星期一到星期五，你一般幾點起牀？幾點睡覺？

10) 你有什麼愛好？

11) 你養過寵物嗎？養過什麼寵物？

12) 介紹一下你最好的朋友。

—— 你可以用 ——

a) 我是在美國出生的，但是在中國長大的。

b) 我爸爸工作，他是商人。我媽媽不工作，她是家庭主婦。

c) 我爸爸工作很忙。他差不多每個月都出差。

d) 我爸爸學過漢語，但是他說漢語說得不太好。

e) 我會說英語、漢語和一點兒西班牙語。

f) 從星期一到星期五，我一般早上六點半起牀，晚上十點睡覺。

g) 我有很多愛好。我特別喜歡打籃球。我打籃球打得挺好的。

h) 我小時候養過寵物。我養過一隻狗。牠又聰明又可愛。我非常喜歡牠。

i) 我最好的朋友叫常舒。她和我同歲。

j) 她長得高高的、瘦瘦的。她有長長的卷髮。

10 口頭報告

Introduce one of your long–time good friends. You should include:

- his/her name, age and nationality
- where he/she was born and grew up
- where he/she is now
- his/her appearance
- his/her hobbies
- what you did when you were together

例子：

這是我的好朋友張小非。他今年十三歲，上八年級。我們以前上同一所小學。

張小非的爸爸是美國人，媽媽是中國人。他是在新加坡出生的，但是在香港長大的。他以前住在香港，現在住在美國。

他長得不高也不矮，不胖也不瘦。……

你可以用

a) 他是在德國出生、長大的。

b) 她現在住在日本。

c) 她長得很漂亮。她的個子高高的，頭髮長長的。

d) 他個子不太高，但是打籃球打得非常好。

e) 她活潑、好動，還很聰明。

f) 她是一個熱心人。

g) 我們有相同的愛好。我們都喜歡打乒乓球。

h) 她也非常喜歡養寵物。她家養了一隻貓和一隻狗。

i) 他的愛好是游泳和打冰球。

j) 我們常常一起看電影、聽音樂、踢足球。

生詞 1 33

❶ wèi
位 a measure word (used for people in a polite manner)　nǐ shì nǎ yí wèi 你是哪一位？

❷ zhǎo
找 look for; find　❸ shì 事 matter　nǐ zhǎo tā yǒu shì ma 你找她有事嗎？

❹ jí 急 urgent　jí shì 急事 urgent matter　❺ huí lái 回來 return

❻ bù 部 a measure word (used for movies, books, etc.)

❼ liǎ 倆（俩）two　wǒ men liǎ shuō hǎo hòu tiān qù kàn yí bù xīn diàn yǐng 我們倆說好後天去看一部新電影。

▲ **Grammar:** "好" serves as the complement of result.

❽ gào 告 tell　❾ sù 訴（诉）tell　gào su 告訴 tell　qǐng gào su tā wǒ bù néng gēn tā qù kàn diàn yǐng le 請告訴她我不能跟她去看電影了。

❿ yào 要 will　wǒ míng tiān yào gēn mā ma qù shàng hǎi 我明天要跟媽媽去上海。

⓫ zhī 知 know　⓬ dào 道 reason　zhī dào 知道 know　wǒ bù zhī dào shén me shí hou huí lái 我不知道什麼時候回來。

⓭ wèn tí 問題 problem　méi wèn tí 沒問題 no problem　⓮ dǎ 打 send　dǎ diàn huà 打電話 make a phone call

⓯ gěi 給 to　wǒ ràng tā gěi nǐ dǎ diàn huà 我讓她給你打電話。

⓰ yóu 郵（邮）mail　diàn yóu 電郵 E-mail　fā diàn yóu 發電郵 send an E-mail　nǐ kě yǐ gěi tā fā diàn yóu 你可以給她發電郵。

▲ **Grammar: Pattern:** 給 ... 發電郵 / 打電話

1 看圖說話

A. Actions happen on a regular basis

每天
朋友
發電郵

每個星期
小狗
洗澡

B. Actions that happened in the past

護士
量
體溫

醫生
開
感冒藥

醫生
開
病假條

C. Actions that will happen in the future

明天
哥哥
打電話

今天晚上
我
做小籠包

一會兒
弟弟
看病

結構：媽媽讓王醫生給我看病。

①
姐姐
發電郵

④
弟弟
買一雙襪子

②
哥哥
開病假條

⑤
外婆
做麵條

③
小狗
洗澡

⑥
爺爺
打電話

3 聽課文錄音，回答問題

1) 小琴打電話找誰？

2) 小英子在家嗎？

3) 小英子去北京做什麼？

4) 小英子什麼時候回來？

5) 小琴和小英子說好後天一起做什麼？

6) 小琴什麼時候去上海？

7) 小琴要跟誰一起去上海？

8) 小琴什麼時候回來？

qǐng wèn　　xiǎo yīng zi zài jiā ma
請問，小英子在家嗎？

tā bú zài jiā　　nǐ shì nǎ yí wèi
她不在家。你是哪一位？

wǒ shì tā de tóng xué xiǎo qín　　nǐ shì tā jiě jie ma
我是她的同學小琴。你是她姐姐嗎？

duì　　nǐ zhǎo tā yǒu shì ma
對。你找她有事嗎？

méi yǒu jí shì　　tā shén me shí hou huí lái
沒有急事。她什麼時候回來？

tā qù běi jīng kàn nǎi nai le　　hòu tiān huí lái
她去北京看奶奶了，後天回來。

wǒ men liǎ shuō hǎo hòu tiān qù kàn yí bù xīn diàn yǐng　　qǐng gào su
我們倆説好後天去看一部新電影。請告訴
tā wǒ bù néng gēn tā qù le　　yīn wèi wǒ míng tiān yào gēn mā ma
她我不能跟她去了，因為我明天要跟媽媽
qù shàng hǎi　　wǒ bù zhī dào shén me shí hou huí lái
去上海。我不知道什麼時候回來。

méi wèn tí　　tā huí lái yǐ hòu　　wǒ ràng tā gěi nǐ dǎ
沒問題！她回來以後，我讓她給你打
diàn huà　　nǐ yě kě yǐ gěi tā fā diàn yóu
電話。你也可以給她發電郵。

hǎo　　xiè xie
好。謝謝！

bú kè qi　　zài jiàn
不客氣。再見！

You call your friend back to arrange an activity. Use the conversation below as an example.

小琴，你回來了！

對，我是今天下午四點到家的。

你在上海玩得開心嗎？

挺開心的。你找我有事嗎？

我們明天下午一起去滑冰吧！

對不起，明天下午我不能跟你去滑冰。明天中午我爺爺奶奶來我家，晚上我們要一起吃飯。

明天下午你出來玩，不行嗎？

不行。我爸爸媽媽不讓我明天出去玩，因為我已經兩個月沒有見到爺爺奶奶了。

那好吧。我們下個週末去吧！

好。再見！

生词 2 🎧35

① 親（亲）_{qīn} close　親愛 _{qīn ài} dear　② 假 _{jià} holiday　假期 _{jià qī} holiday

③ 度 _{dù} spend (time)　度假 _{dù jià} spend one's vacation

④ 寒 _{hán} cold　寒冷 _{hán lěng} cold　我知道你不喜歡寒冷的天氣。 _{wǒ zhī dào nǐ bù xǐ huan hán lěng de tiān qì}

寒假 _{hán jià} winter holiday　我們學校十二月二十二號開始放寒假。 _{wǒ men xué xiào shí èr yuè èr shí èr hào kāi shǐ fàng hán jià}

⑤ 暑 _{shǔ} heat　暑假 _{shǔ jià} summer holiday

⑥ 算 _{suàn} plan　打算 _{dǎ suàn} plan　請告訴我你的打算。 _{qǐng gào su wǒ nǐ de dǎ suàn}

⑦ 過 _{guò} spend (time)　這個假期你打算怎麼過？ _{zhè ge jià qī nǐ dǎ suàn zěn me guò}

⑧ 北京大學 _{běi jīng dà xué} Beijing University　⑨ 待 _{dāi} stay　我會在那裏待兩週。 _{wǒ huì zài nà li dāi liǎng zhōu}

⑩ 應（应）_{yīng} should　⑪ 該（该）_{gāi} should　應該 _{yīng gāi} should　我覺得你應該跟我一起去。 _{wǒ jué de nǐ yīng gāi gēn wǒ yì qǐ qù}

⑫ 觀（观）_{guān} look at　參觀 _{cān guān} visit

⑬ 遊（游）_{yóu} travel　⑭ 覽（览）_{lǎn} see; view　遊覽 _{yóu lǎn} tour

我們可以一起學漢語，還可以在北京參觀游覽。 _{wǒ men kě yǐ yì qǐ xué hàn yǔ　hái kě yǐ zài běi jīng cān guān yóu lǎn}

⑮ 得 _{děi} have to　⑯ 趕（赶）_{gǎn} hurry　⑰ 快 _{kuài} hurry (up)　趕快 _{gǎn kuài} hurry up

⑱ 報名 _{bào míng} sign up　你得趕快報名。 _{nǐ děi gǎn kuài bào míng}

⑲ 天天 _{tiān tiān} every day　⑳ 戴 _{dài} wear (accessories)　你得天天戴帽子、圍巾和手套。 _{nǐ děi tiān tiān dài mào zi　wéi jīn hé shǒu tào}

㉑ 回 _{huí} reply　回電郵 _{huí diàn yóu} reply to an E-mail

A. Actions that will happen in the future

美國
一個月

① 家
一個星期

例子：外公外婆要在美國住一個月。

② 北京
兩年

③ 上海
十天

B. Actions that happened in the past

病
兩天

① 打乒乓球
半天

例子：她病了兩天。

② 踢足球
兩個小時

③ 學漢語
五年

④ 跑步
一個小時

⑤ 滑雪
三個小時

6 用所給結構完成句子

結構：爸爸說我得去醫院看病。

1) 媽媽說我應該十點以前 ＿＿＿＿＿＿＿＿ 。

2) 哥哥說 ＿＿＿＿＿＿＿＿＿＿＿＿＿＿＿ 。

3) 姐姐說 ＿＿＿＿＿＿＿＿＿＿＿＿＿＿＿ 。

4) 爺爺告訴我 ＿＿＿＿＿＿＿＿＿＿＿＿＿ 。

5) 奶奶告訴我 ＿＿＿＿＿＿＿＿＿＿＿＿＿ 。

6) 王醫生說 ＿＿＿＿＿＿＿＿＿＿＿＿＿＿ 。

7) 李老師說 ＿＿＿＿＿＿＿＿＿＿＿＿＿＿ 。

> **你可以用**
>
> a) 想　會　要　得
>   應該　可以
>
> b) 看病　打羽毛球
>   睡覺　做作業
>   工作　學漢語
>   搬家　發電郵
>   休息　度假
>   待　玩　住

7 聽課文錄音，回答問題

1) 李樂的學校什麼時候開始放寒假？

2) 李樂這個寒假會去做什麼？

3) 李樂會在北京待幾週？

4) 為什麼李樂覺得小雨也應該去北京？

5) 如果小雨這個寒假想去北京學漢語，他應該做什麼？

6) 北京的冬天天氣怎麼樣？

7) 小雨喜歡冬天嗎？為什麼？

8) 如果小雨這個寒假不去北京，他可以什麼時候去？

收件人：張小雨　xyzhang@hotmail.com
shōu jiàn rén　zhāng xiǎo yǔ

發件人：李樂　lile123@gmail.com
fā jiàn rén　lǐ lè

主題：寒假活動
zhǔ tí　hán jià huó dòng

親愛的小雨：
qīn ài de xiǎo yǔ

你好！
nǐ hǎo

我們學校十二月二十二號開始放寒假。你們學校呢？這個
wǒ men xué xiào shí èr yuè èr shí èr hào kāi shǐ fàng hán jià　nǐ men xué xiào ne　zhè ge

假期你打算怎麼過？你會去度假嗎？
jià qī nǐ dǎ suàn zěn me guò　nǐ huì qù dù jià ma

這個假期我要去北京大學學漢語。我會在那裏待兩週。我
zhè ge jià qī wǒ yào qù běi jīng dà xué xué hàn yǔ　wǒ huì zài nà li dāi liǎng zhōu　wǒ

覺得你應該跟我一起去。我們可以一起學漢語，還可以在北京
jué de nǐ yīng gāi gēn wǒ yì qǐ qù　wǒ men kě yǐ yì qǐ xué hàn yǔ　hái kě yǐ zài běi jīng

參觀遊覽。如果你想去，得趕快報名。
cān guān yóu lǎn　rú guǒ nǐ xiǎng qù　děi gǎn kuài bào míng

聽說北京的冬天很冷，得天天戴帽子、圍巾和手套。我
tīng shuō běi jīng de dōng tiān hěn lěng　děi tiān tiān dài mào zi　wéi jīn hé shǒu tào　wǒ

知道你不喜歡寒冷的天氣。如果你這個寒假不去，可以明年
zhī dào nǐ bù xǐ huan hán lěng de tiān qì　rú guǒ nǐ zhè ge hán jià bú qù　kě yǐ míng nián

暑假去。
shǔ jià qù

請回電郵告訴我你的打算。
qǐng huí diàn yóu gào su wǒ nǐ de dǎ suàn

祝好！
zhù hǎo

李樂
lǐ lè

8 模仿例子，看圖填空

例子：一雙黑色的鞋子

1) _____ 校服

2) _____ 皮鞋

3) _____ 連衣裙

4) _____ 圍巾

5) _____ 裙子

6) _____ T恤衫

7) _____ 毛衣

8) _____ 短褲

9) _____ 牛仔褲

10) _____ 帽子

11) _____ 襪子

12) _____ 運動鞋

13) _____ 手套

14) _____ 長褲

15) _____ 足球襪

Suppose you are Xiaoyu（小雨）, complete the conversation with Li Le（李樂）.

李樂，我看了你的電郵。我們學校也十二月二十二號放寒假。

這個寒假你打算怎麼過？

我要去上海看我外公外婆。

上海的冬天天氣怎麼樣？

……

你每年都去看外公外婆嗎？你跟誰一起去？會在那裏待多長時間？

……

明年暑假你會去北京嗎？

……

你去過北京嗎？

……

你打算在北京待幾週？你會在那裏學漢語嗎？

……

10 口頭報告

1) Search on the Internet, find out the weather conditions of the four seasons of Guizhou

   _{guì zhōu}
   （貴州）.

   春天：

   夏天：

   秋天：

   冬天：

2) Answer the following questions.

   • 如果你春天去貴州，你要帶什麼衣服？

   • 如果你夏天去貴州，你要帶什麼衣服？

   • 如果你冬天去貴州，你要帶什麼衣服？

3) Suppose you are going to Guizhou for a short trip
   over the summer holiday, find out:

   • special foods you must eat

   • famous tourist attractions

   • means of public transportation

     (give 2 or 3 examples for each item)

4) Report back to class about your plan for a short trip
   to Guizhou.

生詞 1

① xué yuàn
學院 college; academy

② jì
際（际）between

guó jì
國際 international

wǒ de xīn xué xiào shì yì suǒ guó jì xué xiào
我的新學校是一所國際學校。

③ duō
多 more; over

wǒ men xué xiào yǒu yì qiān liǎng bǎi duō ge xué shēng
我們學校有一千兩百多個學生。

▲ Grammar: "多" is used to show an approximate number.

④ lǐ
禮（礼）ceremony

⑤ táng
堂 hall

lǐ táng
禮堂 assembly hall

⑥ jiào
教 teach

jiào xué
教學 teaching

jiào xué lóu
教學樓 classroom building

⑦ shí
實（实）reality

⑧ yàn
驗（验）test

shí yàn
實驗 experiment

shí yàn shì
實驗室 laboratory

⑨ tú
圖（图）picture

tú shū
圖書 book

⑩ guǎn
館（馆）a place for cultural activities

tú shū guǎn
圖書館 library

⑪ yù
育 educate

tǐ yù
體育 physical education

tǐ yù guǎn
體育館 gymnasium

⑫ nèi
內 inner

shì nèi
室內 indoor

shì nèi yóu yǒng chí
室內游泳池 indoor swimming pool

⑬ cāo
操 exercise

cāo chǎng
操場 sports ground

⑭ yòng
用 use

⑮ xiē
些 a few; some; a measure word

nǎ xiē
哪些 which, what or who (plural)

nǐ jīng cháng yòng xué xiào de nǎ xiē shè shī
你經常用學校的哪些設施？

⑯ lù shang
路上 on the way

lù shang yào yòng duō cháng shí jiān
路上要用多長時間？

⑰ yuē
約（约）approximately

dà yuē
大約 approximately

⑱ zhōng tóu
鐘頭 hour

lù shang dà yuē yào yòng bàn ge zhōng tóu
路上大約要用半個鐘頭。

1 用所給結構看圖説話

結構：I. 房子前面有一個小花園。

II. 房子左邊是一個車庫。

III. 游泳池在房子右邊。

你可以用

a) 左邊　b) 右邊　c) 旁邊
d) 前面　e) 後面　f) 對面
g) 樓上　h) 樓下　i) 中間
j) 附近

例子：

這是一所國際學校，叫育明學院。這所學校有一千四百多個學生。學校裏有禮堂、……。禮堂在一號教學樓對面。……

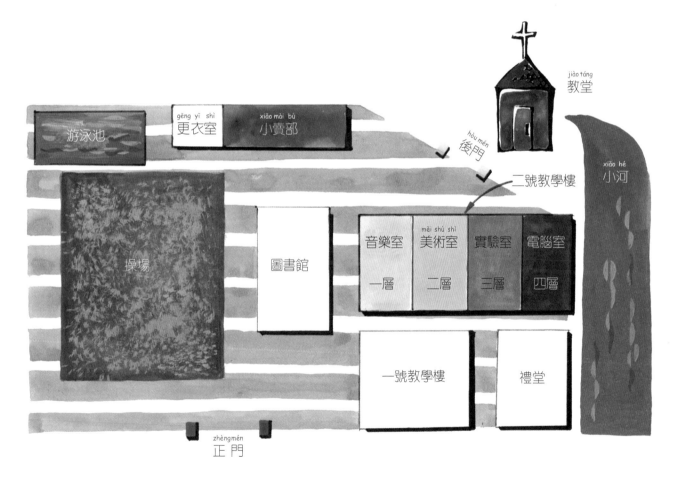

更衣室：change room　　小賣部：tuck shop　　美術：fine arts

正門：main entrance　　後門：back door　　教堂：church　　河：river

2 用所給結構完成句子

A. 結構：育明學院有一千四百多個學生。

1) 我們學校有 ＿＿＿＿＿＿＿＿＿ 老師。

2) 哥哥有很多朋友，他有 ＿＿＿＿＿＿＿＿＿ 。

3) 媽媽非常喜歡穿裙子，她有 ＿＿＿＿＿＿＿＿＿ 。

B. 結構：路上大約要用半個鐘頭。

1) 他每天都坐地鐵上班，路上 ＿＿＿＿＿＿＿＿ 。

2) 學校離我家不遠，走路 ＿＿＿＿＿＿＿＿ 。

3) 我們年級 ＿＿＿＿＿＿＿＿＿ 學生。

C. 結構：他五十歲左右。

1) 北京的夏天很熱，氣溫常常在 ＿＿＿＿＿＿＿＿＿ 。

2) 我們家每天晚上 ＿＿＿＿＿＿＿＿ 吃晚飯。

3) 今天下午你 ＿＿＿＿＿＿＿＿ 來我家，好嗎？

3 聽課文錄音，回答問題

1) 天樂的新學校叫什麼名字？

2) 這所學校有多少個學生？

3) 這所學校有沒有體育館？

4) 天樂常去學校的圖書館嗎？

5) 他一般在哪兒買午飯？

6) 他午飯吃中餐還是西餐？

7) 他每天怎麼上學？

8) 他路上要用多長時間？

tiān lè　　nǐ de xīn xué xiào jiào shén me míng zi
天樂，你的新學校叫什麼名字？

shí lǐ xué yuàn　　tā shì yì suǒ guó jì xué xiào
實禮學院。它是一所國際學校，
yǒu yì qiān liǎng bǎi duō ge xué shēng
有一千兩百多個學生。

nǐ men xué xiào yǒu shén me shè shī
你們學校有什麼設施？

yǒu lǐ táng　　jiào xué lóu　　shí yàn shì　　tú
有禮堂、教學樓、實驗室、圖
shū guǎn　　tǐ yù guǎn　　shì nèi yóu yǒng chí
書館、體育館、室內游泳池、
cāo chǎng　　cān tīng děng děng
操場、餐廳等等。

nǐ jīng cháng yòng xué xiào de nǎ xiē shè shī
你經常用學校的哪些設施？

wǒ jīng cháng qù tú shū guǎn kàn shū　　qù yóu yǒng chí yóu
我經常去圖書館看書，去游泳池游
yǒng　　hái cháng cháng qù cān tīng mǎi wǔ fàn
泳，還常常去餐廳買午飯。

nǐ wǔ fàn yì bān chī shén me
你午飯一般吃什麼？

wǒ yì bān chī zhōng cān　　yǒu shí hou yě chī xī cān
我一般吃中餐，有時候也吃西餐。

nǐ měi tiān zěn me shàng xué　　lù shang
你每天怎麼上學？路上
yào yòng duō cháng shí jiān
要用多長時間？

wǒ zuò xiào chē shàng xué　　lù shang dà yuē
我坐校車上學，路上大約
yào yòng bàn ge zhōng tóu
要用半個鐘頭。

Suppose you attend Ming Ai International School（明愛國際中學）. Make a conversation with your partner using the questions suggested.

1) 你們學校叫什麼名字？

2) 你們學校是國際學校嗎？

3) 你們學校有多少個學生？有多少位老師？

4) 你們學校有什麼設施？

5) 你經常用學校的哪些設施？

6) 你一般去圖書館看什麼書？

7) 你一般什麼時候去游泳？

8) 你有什麼愛好？

9) 你今年參加了什麼課外活動？

10) 你們學校早上幾點開始上課？下午幾點放學？

11) 你們中午幾點吃午飯？你午飯一般吃什麼？

12) 你喜歡你們學校嗎？為什麼？

你可以用

a) 我們學校是一所英國國際學校。

b) 我們學校是一所中學，有六個年級。

c) 我們學校大約有一千三百個學生、一百五十位老師。

d) 我今年參加了兩個課外活動：打籃球和游泳。

學校名稱：明愛國際中學

學生人數：大約 1500 個

老師人數：大約 180 位

學校設施：禮堂、教學樓、實驗樓、餐廳、室內游泳池、操場、籃球場、體育館、圖書館

課外活動：打籃球、打排球、打乒乓球、踢足球、跑步、游泳

時間安排：8:00 開始上課
　　　　　12:00-13:00 吃午飯
　　　　　15:30 放學

名稱：name　　人數：number of people　　安排：arrangement

生詞 2 39

① 最近 _{zuì jìn} recently

② 讀（读） _{dú} attend (school)　走讀 _{zǒu dú} attend a day school　這是一所走讀學校。 _{zhè shì yì suǒ zǒu dú xué xiào}

③ 校園 _{xiàoyuán} campus　④ 草 _{cǎo} grass　花草 _{huā cǎo} flowers and plants

⑤ 樹（树） _{shù} tree　⑥ 木 _{mù} tree　樹木 _{shù mù} trees

⑦ 處（处） _{chù} place　到處 _{dào chù} everywhere　校園裏到處都是花草樹木。 _{xiàoyuán li dào chù dōu shì huā cǎo shù mù}

> ▲ Grammar: "都" is always used with "到處".

⑧ 美 _{měi} beautiful　⑨ 食 _{shí} eat　食堂 _{shí táng} canteen　⑩ 賣（卖） _{mài} sell

⑪ 式 _{shì} style　中式 _{zhōng shì} Chinese style　西式 _{xī shì} Western style　學校食堂賣中式飯菜，也賣西式飯菜。 _{xué xiào shí táng mài zhōng shì fàn cài　yě mài xī shì fàn cài}

⑫ 宜 _{yí} suitable　便宜 _{pián yi} cheap

⑬ 塊（块） _{kuài} a measure word (used as a unit of money)　一個盒飯只賣二十塊，挺便宜的。 _{yí ge hé fàn zhǐ mài èr shí kuài　tǐng pián yi de}

⑭ 友好 _{yǒu hǎo} friendly　學校的老師和同學都非常友好。 _{xué xiào de lǎo shī hé tóng xué dōu fēi cháng yǒu hǎo}

⑮ 對 _{duì} to　我們班的同學都對我很好。 _{wǒ men bān de tóng xué dōu duì wǒ hěn hǎo}

> ▲ Grammar: Pattern: 對 ... 很好

⑯ 幾 _{jǐ} several　好幾 _{hǎo jǐ} quite a few　我已經交了好幾個朋友了。 _{wǒ yǐ jīng jiāo le hǎo jǐ ge péng you le}

> ▲ Grammar: Pattern: 好幾 + Measure Word + Noun

結構：他午飯總是吃快餐。

①

午飯
一般
盒飯

⑥

經常
奶奶
打電話

②

晚飯
總是
中式飯菜

⑦

有時候
走路
上班

③

一般
起牀

⑧

有時候
餐廳
吃飯

④

常常
跟……一起

⑨

一般
上海
過暑假

⑤

張老師
總是
跟……說漢語

⑩

放學以後
有時候

6 模仿例子，看圖說話

跟……同歲

例子：

我跟小冰同歲。

①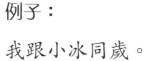

跟……同班

②

跟……說漢語

③

跟……一起

④

跟……一樣

⑤

跟……不一樣

7 聽課文錄音，回答問題

1) 夏雲到西區女中多長時間了？

2) 西區女中的校園什麼樣？

3) 西區女中有什麼設施？

4) 西區女中的食堂賣什麼飯菜？

5) 夏雲午飯一般吃什麼？

6) 夏雲喜歡她的同學嗎？為什麼？

7) 她在學校有朋友嗎？

8) 她們學校什麼時候開始放寒假？

秋月（qiū yuè）：

你好（nǐ hǎo）！

你最近忙嗎（nǐ zuì jìn máng ma）？

我到西區女中已經有兩個月了（wǒ dào xī qū nǚ zhōng yǐ jīng yǒu liǎng ge yuè le）。這是一所走讀學校（zhè shì yì suǒ zǒu dú xué xiào）。校園（xiào yuán）裏到處都是花草樹木（li dào chù dōu shì huā cǎo shù mù），非常美（fēi cháng měi）。

我們學校很大（wǒ men xué xiào hěn dà），有禮堂（yǒu lǐ táng）、圖書館（tú shū guǎn）、體育館（tǐ yù guǎn）、食堂等等（shí táng děng děng）。學（xué）校食堂賣中式飯菜（xiào shí táng mài zhōng shì fàn cài），也賣西式飯菜（yě mài xī shì fàn cài）。我午飯一般吃盒飯（wǒ wǔ fàn yì bān chī hé fàn），因為（yīn wèi）一個盒飯只賣二十塊（yí ge hé fàn zhǐ mài èr shí kuài），挺便宜的（tǐng pián yi de）。

學校的老師和同學都非常友好（xué xiào de lǎo shī hé tóng xué dōu fēi cháng yǒu hǎo）。我們班的同學都對我很（wǒ men bān de tóng xué dōu duì wǒ hěn）好（hǎo）。我已經交了好幾個朋友了（wǒ yǐ jīng jiāo le hǎo jǐ ge péng you le）。放學以後（fàng xué yǐ hòu），我經常跟她們一起（wǒ jīng cháng gēn tā men yì qǐ）打籃球（dǎ lán qiú）。

我們學校十二月十六號開始放寒假（wǒ men xué xiào shí èr yuè shí liù hào kāi shǐ fàng hán jià）。你們學校呢（nǐ men xué xiào ne）？今年寒（jīn nián hán）假你打算怎麼過（jià nǐ dǎ suàn zěn me guò）？

祝好（zhù hǎo）！

夏雲（xià yún）

十一月二十日（shí yī yuè èr shí rì）

8 用所給結構完成句子

結構：飯店旁邊有好幾家服裝店。

　　　妹妹買了好幾副手套。

1) 爺爺買了 _____。　　5) 哥哥 _____。

2) 奶奶 _____。　　　　6) 姐姐 _____。

3) 爸爸 _____。　　　　7) 弟弟 _____。

4) 媽媽 _____。　　　　8) 我 _____。

1) 你們學校是走讀學校嗎？你每天怎麼上學？路上要用多長時間？

2) 你們學校的校園大嗎？校園裏有什麼？

3) 你們學校有幾幢教學樓？你的漢語教室在幾號教學樓？

4) 你們學校有體育館嗎？體育館大嗎？你常在體育館裏做什麼運動？

5) 你們學校有游泳池嗎？是室內的嗎？你經常去那裏游泳嗎？你一般什麼時候去游泳？

6) 你們學校的圖書館大嗎？圖書館一共有幾層？你常去圖書館看什麼書？

7) 你們學校的食堂大嗎？食堂賣什麼飯菜？你常常在食堂吃午飯嗎？你午飯一般吃什麼？

8) 你在學校有朋友嗎？請介紹一下你的好朋友。

9) 你們學校附近有商店嗎？有什麼商店？

10) 你們學校附近有公園嗎？

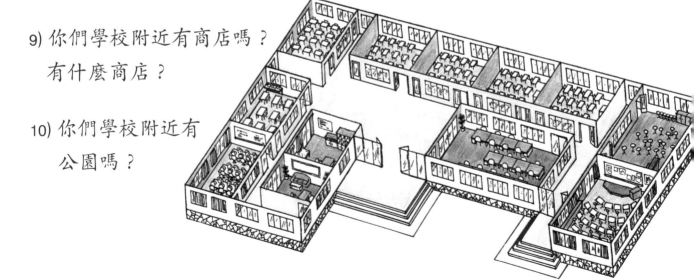

10 口頭報告

Draw your school and present it to class.

例子：

　　今天我要介紹一下我的學校。我的學校叫東海中學。它是一所國際學校，有一千多個學生、一百多位老師。

　　我們學校的校園不太大，但是非常美。校園裏……

　　我們學校有……。學校的食堂……。我經常去……。我很喜歡……

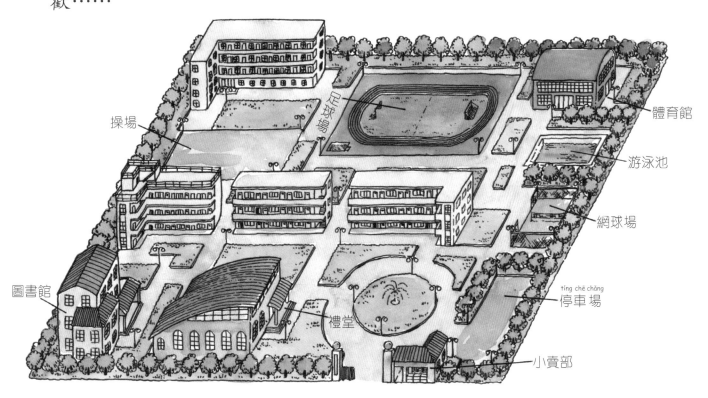

操場

足球場

體育館

游泳池

網球場

tíng chē chǎng
停車場

圖書館

禮堂

小賣部

你可以用

a) 我每天都去食堂買午飯。我一般吃中餐。我很喜歡吃食堂的盒飯。

b) 我喜歡中午去圖書館看書。我一般看英文書，有時候也看中文書。

c) 每天放學以後我都去游泳。我一般游一個小時泳，從三點半到四點半。

停車場：car park

生詞 1

1 chū 初 at the beginning of　chū èr 初二 2nd year in a junior secondary school

2 mén 門（门）a measure word (used for school subjects)　nǐ jīn nián yǒu jǐ mén kè 你今年有幾門課？

3 shù 數（数）number　**4** xué 學 branch of study　shù xué 數學 maths

5 huà 化 chemistry　huà xué 化學 chemistry　**6** dì 地 the earth　**7** lǐ 理 logic　dì lǐ 地理 geography

8 wù 物 thing　wù lǐ 物理 physics　**9** shēng 生 be alive　shēng wù 生物 biology

10 lì 歷（历）experience　**11** shǐ 史 history　lì shǐ 歷史 history　**12** shù 術（术）art　měi shù 美術 fine arts

13 xì 戲（戏）drama　**14** jù 劇（剧）drama　xì jù 戲劇 drama

15 kē 科 subject of study　**16** mù 目 item　kē mù 科目 school subject　nǐ zuì xǐ huan de kē mù shì shén me 你最喜歡的科目是什麼？

17 qù 趣 interest　yǒu qù 有趣 interesting　wǒ jué de wù lǐ hěn yǒu qù 我覺得物理很有趣。

18 xìng 興 passion for something　xìng qù 興趣 interest　wǒ duì wù lǐ zuì gǎn xìng qù 我對物理最感興趣。

▲ **Grammar: Pattern: 對 ... 感興趣**

19 qí 其 it; they　**20** tā 他 other　qí tā 其他 other; else　nà qí tā kē mù ne 那其他科目呢？

21 cóng lái 從來 always　wǒ cóng lái dōu méi xué guo huà yóu huà 我從來都沒學過畫油畫。

▲ **Grammar: a) "從來" is mostly used in negative sentences.**
b) Sentence Pattern: Subject + 從來（+ 都）+ 不 / 沒 + Verb + Object

22 jiā jiào 家教 private tutor　**23** qǐng 請 hire　nǐ ràng mā ma gěi nǐ qǐng yí ge jiā jiào zěn me yàng 你讓媽媽給你請一個家教，怎麼樣？

24 yì 意 idea　zhú yi 主意 idea　**25** jiù 就 right away　wǒ jīn tiān wǎn shang jiù gēn mā ma shuō 我今天晚上就跟媽媽說。

1 模仿例子，看圖説話

 英語

例子：

我對英語很感興趣。我每天都看英文小説。

你可以用

a) 我挺喜歡學物理的。我覺得物理很有趣。

b) 我不喜歡學數學，因為我不喜歡我的數學老師。

c) 我最不喜歡學歷史，因為歷史老師教得不好。

d) 我很不喜歡上體育課，因為我不會打籃球，也不喜歡跑步。

e) 我非常喜歡學語言。我經常看英文書和中文書。我的英語和漢語都學得挺好的。

f) 我對生物和化學特別感興趣。

①  漢語

②  數學

③ 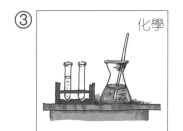 化學

④  物理

⑤  生物

⑥  地理

⑦  歷史

⑧  音樂

⑨  戲劇

⑩  美術

2 用所給結構看圖説話

A. 結構：學校離我家不遠，走路十分鐘就到了。

as early as

離　火車　兩個小時

B. 結構：我們學校就在公園旁邊。

exactly

體育館　公園　後面

C. 結構：我今天晚上就跟媽媽説。

right away

馬上　帶　醫院

3 聽課文錄音，回答問題

1) 聰亮今年上幾年級？

2) 他今年有幾門課？

3) 他今年有幾門語言課？

4) 他今年有歷史課嗎？

5) 他最喜歡的科目是什麼？

6) 他為什麼不喜歡上美術課？

7) 他喜歡上數學課嗎？為什麼？

8) 爺爺有什麼好主意？

yé ye　　wǒ jīn nián shàng chū èr le
爺爺，我今年上初二了。

nǐ jīn nián yǒu jǐ mén kè
你今年有幾門課？

wǒ jīn nián yǒu shí sān mén kè　　yǒu yīng yǔ　　hàn yǔ　　shù xué　　wù lǐ
我今年有十三門課，有英語、漢語、數學、物理、

huà xué　　shēng wù　　lì shǐ　　dì lǐ　　měi shù　　xì jù děng děng
化學、生物、歷史、地理、美術、戲劇等等。

nǐ zuì xǐ huan de kē mù shì shén me
你最喜歡的科目是什麼？

wǒ duì wù lǐ zuì gǎn xìng qù　　wǒ jué de wù lǐ hěn yǒu qù
我對物理最感興趣。我覺得物理很有趣。

nà qí tā kē mù ne
那其他科目呢？

wǒ bù xǐ huan shàng měi shù kè　　yīn wèi wǒ cóng lái dōu méi xué guo huà yóu huà　　huà de bù
我不喜歡上美術課，因為我從來都沒學過畫油畫，畫得不

hǎo　　wǒ yě bú tài xǐ huan shàng shù xué kè　　yīn wèi shù xué lǎo shī jiāo de bù hǎo
好。我也不太喜歡上數學課，因為數學老師教得不好。

cōng liàng　　nǐ yīng gāi xué hǎo shù xué　　nǐ ràng mā ma
聰亮，你應該學好數學。你讓媽媽

gěi nǐ qǐng yí ge jiā jiào　　zěn me yàng
給你請一個家教，怎麼樣？

hǎo zhú yi　　wǒ jīn tiān wǎn
好主意！我今天晚

shang jiù gēn mā ma shuō
上就跟媽媽說。

1) 你今年有幾門課？有什麼課？

2) 你喜歡上什麼課？你最喜歡的科目是什麼？為什麼？

3) 你不喜歡上什麼課？你最不喜歡的科目是什麼？為什麼？

4) 你有家教嗎？你想請家教嗎？

5) 你在學校有朋友嗎？有幾個朋友？

6) 誰是你最好的朋友？他／她是你的同班同學嗎？他／她有什麼愛好？你們常常一起做什麼？

7) 你經常給你的朋友發電郵嗎？你經常給你的朋友打電話嗎？你經常去朋友家玩嗎？

8) 你家離學校遠嗎？你每天怎麼上學？路上要用多長時間？

9) 你家附近有什麼公共設施？你經常用哪些設施？

10) 你小時候養過寵物嗎？你現在有寵物嗎？你要為牠做什麼？你愛你的寵物嗎？

生詞 2 43

❶ 寄 jì deposit ❷ 宿 sù stay overnight 寄宿 jì sù boarding 我在一所寄宿學校上學。 wǒ zài yì suǒ jì sù xué xiào shàng xué

❸ 高 gāo advanced 高一 gāo yī 1st year in a senior secondary school

❹ 學 xué knowledge 科學 kē xué science

❺ 中 zhōng among 在這六門課中，我最喜歡化學課。 zài zhè liù mén kè zhōng wǒ zuì xǐ huan huà xué kè

▲ **Grammar: Pattern: 在 ... 中**

❻ 容 róng allow ❼ 易 yì easy 容易 róng yì easy

❽ 用 yòng usage 有用 yǒu yòng useful ❾ 重 zhòng important ❿ 要 yào important 重要 zhòng yào important

⓫ 法 fǎ law 語法 yǔ fǎ grammar ⓬ 難（难）nán difficult

⓭ 字 zì character; word 漢字 hàn zì Chinese character ⓮ 寫（写）xiě write

⓯ 記（记）jì remember 漢字雖然不難寫，但是很難記。 hàn zì suī rán bù nán xiě dàn shì hěn nán jì

▲ **Grammar: Pattern: 容易 / 難 + 學 / 寫 / 記 ...**

⓰ 功 gōng skill 功課 gōng kè homework 地理老師總是讓我們做很多功課。 dì lǐ lǎo shī zǒng shì ràng wǒ men zuò hěn duō gōng kè

⓱ 意 yì meaning ⓲ 思 sī thought 意思 yì si meaning 有意思 yǒu yì si interesting

我覺得音樂課沒有意思。 wǒ jué de yīn yuè kè méi yǒu yì si

A. 結構：食堂的盒飯很便宜。

①  漢字
有趣

②  米飯
好吃

③  校園
美

④  漢語語法
難

B. 結構：漢語很容易學。　化學很難學。

①  漢字
寫

②  物理
學

③  小提琴
拉

④  漢字
記

6 用所給結構寫句子

A. 結構：在這六門課中，我最喜歡化學。

1) 這些菜　蒸魚

2) 這些課外活動　打網球

3) 這三本書　最喜歡

4) 這十門課　對……感興趣

B. 結構：我從來都沒打過乒乓球。　　我從來都不喝可樂。

1) 妹妹　西安

2) 姐姐　畫國畫

3) 她　小籠包

4) 爺爺　飛機

7 聽課文錄音，回答問題

1) 她今年上幾年級？

2) 她今年有幾門課？

3) 她為什麼喜歡學化學？

4) 她喜歡學歷史嗎？為什麼？

5) 她為什麼喜歡學漢語？

6) 她覺得漢字難記嗎？

7) 她為什麼不喜歡上地理課？

8) 她還不喜歡上什麼課？

wǒ zài yì suǒ jì sù xué xiào shàng
我在一所寄宿學校上

xué jīn nián shàng gāo yī wǒ jīn nián
學，今年上高一。我今年

yǒu liù mén kè yīng yǔ hàn yǔ
有六門課：英語、漢語、

shù xué lì shǐ hái yǒu liǎng mén kē
數學、歷史，還有兩門科

xué kè huà xué hé shēng wù
學課：化學和生物。

zài zhè liù mén kè zhōng wǒ zuì
在這六門課中，我最

xǐ huan huà xué kè yīn wèi wǒ de huà xué lǎo shī jiāo de fēi cháng hǎo wǒ yě xǐ huan xué lì
喜歡化學課，因為我的化學老師教得非常好。我也喜歡學歷

shǐ wǒ jué de lì shǐ hěn yǒu qù yě hěn róng yì xué wǒ hái xǐ huan xué hàn yǔ yīn wèi
史。我覺得歷史很有趣，也很容易學。我還喜歡學漢語，因為

hàn yǔ hěn yǒu yòng yě hěn zhòng yào wǒ jué de hàn yǔ yǔ fǎ tǐng nán de hàn zì suī rán
漢語很有用，也很重要。我覺得漢語語法挺難的。漢字雖然

bù nán xiě dàn shì hěn nán jì
不難寫，但是很難記。

wǒ bú tài xǐ huan shàng dì lǐ kè yīn wèi dì lǐ lǎo shī zǒng shì ràng wǒ men zuò hěn duō
我不太喜歡上地理課，因為地理老師總是讓我們做很多

gōng kè wǒ yě bù xǐ huan shàng yīn yuè kè wǒ jué de yīn yuè kè méi yǒu yì si
功課。我也不喜歡上音樂課。我覺得音樂課沒有意思。

8 角色扮演

Suppose this is your timetable. Make a conversation with your partner using the questions suggested.

1) 你今年有幾門課？有什麼課？

2) 你今年有幾門語言課？

3) 你們每天早上幾點開始上課？下午幾點放學？從幾點到幾點是午飯時間？

4) 你們每天上幾節課？一節課多長時間？

5) 你們星期一上午有什麼課？星期二下午有什麼課？

6) 你們哪天有電腦課？哪天有美術課？

7) 你們每個星期有幾節數學課？有幾節英語課？

	星期一	星期二	星期三	星期四	星期五
第一節課 8:15 – 9:20	英語	歷史	科學	地理	美術
第二節課 9:25 – 10:30	數學	漢語	戲劇	漢語	英語
10:30 – 10:50	課間休息				
第三節課 10:50 – 11:55	科學	數學	英語	音樂	科學
第四節課 12:00 – 13:05	漢語	地理	美術	數學	歷史
13:05 – 14:05	午飯時間				
第五節課 14:05 – 15:10	體育	音樂	電腦	班會	體育

課間休息：break

Suppose you are applying for a new school. Make a conversation with the principal's secretary using the questions suggested.

例子：

校長秘書：你叫什麼名字？

你：……

校長秘書：你現在在哪個學校上學？

上幾年級？

你：我在北京的英國國際學校上學，

今年上初二。

校長秘書：你今年有幾門課？有什麼課？

……

校长秘书可能問：

1) 你今年有幾門課？有什麼課？

2) 你學過什麼外語？

3) 你是從什麼時候開始學漢語的？
你覺得漢語難嗎？

4) 你喜歡上什麼課？你最喜歡的科
目是什麼？

5) 你有什麼愛好？

6) 你家住在哪兒？

7) 你有兄弟姐妹嗎？

8) 在我們學校，你有朋友嗎？

你可以問：

1) 我可以上幾年級？

2) 一個班有多少個學生？

3) 我可以學兩門外語嗎？

4) 我可以參加什麼課外活動？

5) 學校裏有游泳池嗎？

6) 學校的圖書館大嗎？裏面有漢語
書嗎？

7) 學校的餐廳賣什麼飯菜？

8) 學校附近有公共汽車站／地鐵站
嗎？

10 口頭報告

Introduce yourself. You should include:

- name and grade
- type of school you attend
- school facilities
- subjects you like/dislike and why
- whether you have private tutoring, for which subject(s) and when

例子：

　　我叫王以禮。我在一所美國國際學校上學，今年上八年級。

　　我們學校不太大，但是非常美。校園裏到處都是花草樹木。學校裏有⋯⋯

　　今年我有⋯⋯

你可以用

a) 我從初一開始在一所英國國際學校上學。我們學校是一所寄宿學校。

b) 我們學校很大。學校裏有游泳池、操場、禮堂、圖書館、教學樓、實驗樓等等。

c) 我們學校的操場很大。因為學校裏沒有足球場，所以我們可以在操場上踢足球。

d) 我今年上初二。今年我一共有十門課。

e) 我對歷史最感興趣。我很喜歡看歷史書。

f) 我覺得數學很難，數學老師也教得不好，所以我不喜歡上數學課。

g) 我喜歡學漢語，因為漢語很有用。我覺得漢語語法挺難的。漢字雖然不難寫，但是很難記。

h) 媽媽給我請了一個漢語家教，因為我的漢語學得不太好。

第十二課　我的愛好

生詞 1

① 組 （组）_zǔ_ group　小組 _xiǎo zǔ_ group　興趣小組 _xìng qù xiǎo zǔ_ clubs at school　我們會參加興趣小組的活動。 _wǒ men huì cān jiā xìng qù xiǎo zǔ de huó dòng_

② 各 _gè_ various　③ 種 （种）_zhǒng_ type　各種 _gè zhǒng_ various types of

④ 唱 _chàng_ sing　⑤ 歌 _gē_ song　唱歌 _chàng gē_ sing　⑥ 合 _hé_ together　合唱 _hé chàng_ chorus

⑦ 隊 （队）_duì_ team　合唱隊 _hé chàng duì_ choir　樂隊 _yuè duì_ band; orchestra

⑧ 武 _wǔ_ martial arts　武術 _wǔ shù_ martial arts; kung fu

我們學校有各種興趣小組，比如合唱隊、樂隊、武術隊等等。 _wǒ men xué xiào yǒu gè zhǒng xìng qù xiǎo zǔ, bǐ rú hé chàng duì, yuè duì, wǔ shù duì děngděng_

⑨ 象 _xiàng_ one of the pieces in Chinese chess

⑩ 棋 _qí_ chess　象棋 _xiàng qí_ (Chinese) chess　國際象棋 _guó jì xiàng qí_ chess　⑪ 下 _xià_ play (chess)

⑫ 正 _zhèng_ be doing　正在 _zhèng zài_ be doing

你看，他們正在下國際象棋。 _nǐ kàn, tā menzhèng zài xià guó jì xiàng qí_

▲ **Grammar:** a) "（正）在" shows that an action is in progress.
　　　　b) Sentence Pattern: Subject + （正）在 + Verb + Object

⑬ 長 _zhǎng_ leader　隊長 _duì zhǎng_ captain　我是足球隊的隊長。 _wǒ shì zú qiú duì de duì zhǎng_

⑭ 比 _bǐ_ compare　⑮ 賽 （赛）_sài_ match　比賽 _bǐ sài_ match　今天放學以後，我們有足球比賽。 _jīn tiān fàng xué yǐ hòu, wǒ men yǒu zú qiú bǐ sài_

1 用所給結構看圖說話

結構：他看了<u>一個小時</u>電視。

你可以用

a) 五分鐘　十分鐘
b) 一刻鐘　三刻鐘
c) 半個小時
d) 一個小時　兩個小時
e) 一個小時零五分鐘
　　兩個小時十分鐘
f) 一個半小時　兩個半小時

① 7:00–8:30　做功課

② 2:00–4:05　踢足球

③ 3:00–3:50　打羽毛球

⑥ 3:30–4:15　畫國畫

④ 6:00–6:40　打電話

⑦ 8:15–9:20　上課

⑤ 3:30–5:40　打排球

⑧ 12:00–1:15　下棋

結構：他們（正）在下國際象棋。

①  唱歌

④  上網

②  打籃球

⑤  吃飯

③  滑冰

⑥  拉小提琴

3 聽課文錄音，回答問題

1) 王雷的學校一天上幾節課？

5) 王雷有什麼愛好？

2) 一節課多長時間？

6) 他今天放學以後有什麼活動？

3) 王雷他們午飯時間一般做什麼？

7) 他參加武術隊了嗎？

4) 他們學校有樂隊嗎？

8) 他週末有沒有課外活動？

課文 1 🎧 46

wáng léi　　nǐ men xué xiào yì tiān shàng jǐ jié kè
王雷，你們學校一天上幾節課？

wǔ jié kè
五節課。

yì jié kè duō cháng shí jiān
一節課多長時間？

wǔ shí fēn zhōng
五十分鐘。

nǐ men wǔ fàn shí jiān yì bān zuò shén me
你們午飯時間一般做什麼？

wǒ men huì qù zuò yùn dòng　　bǐ rú dǎ lán qiú　　dǎ pái qiú　　dǎ wǎng qiú
我們會去做運動，比如打籃球、打排球、打網球

děng děng　　wǒ men hái huì cān jiā xìng qù xiǎo zǔ de huó dòng　　wǒ men xué xiào
等等。我們還會參加興趣小組的活動。我們學校

yǒu gè zhǒng xìng qù xiǎo zǔ　　bǐ rú hé chàng duì　　yuè duì　　wǔ shù duì děng
有各種興趣小組，比如合唱隊、樂隊、武術隊等

děng　　nǐ kàn　　tā men zhèng zài xià guó jì xiàng qí
等。你看，他們正在下國際象棋。

nǐ jīn nián cān jiā le shén me kè wài huó dòng
你今年參加了什麼課外活動？

wǒ xǐ huan chàng gē　　suǒ yǐ cān jiā le hé chàng duì　　wǒ hái cān jiā le zú qiú duì
我喜歡唱歌，所以參加了合唱隊。我還參加了足球隊，

shì zú qiú duì de duì zhǎng　　jīn tiān fàng xué yǐ hòu　　wǒ men yǒu zú qiú bǐ sài
是足球隊的隊長。今天放學以後，我們有足球比賽。

zhōu mò nǐ yǒu huó dòng ma
週末你有活動嗎？

méi yǒu
沒有。

You are chatting on line with your friend. Make a conversation using the questions suggested.

1) 你叫什麼名字？

2) 你在哪個學校上學？

3) 你們學校有多少個學生？多少位老師？

4) 你今年上幾年級？

5) 你今年有幾門課？有什麼課？

6) 你喜歡上什麼課？為什麼？

7) 你不喜歡上什麼課？為什麼？

8) 你每天上幾節課？一節課多長時間？

9) 你們午飯時間一般做什麼？

10) 你今年參加了什麼課外活動？

11) 你週末一般做什麼？

12) 你喜歡你的學校嗎？為什麼？

你可以用

a) 我在上海一中上學。

b) 我們學校是一所寄宿學校。

c) 我們學校有八百多個學生、五十多位老師。

d) 我今年上初二。

e) 我今年有八門課：英語、漢語、數學、物理、化學、歷史、地理和美術。

f) 我喜歡學歷史、生物和美術。生物是我最喜歡的科目。

g) 我對戲劇很感興趣，我的戲劇老師也教得很好。

h) 我喜歡學漢語，因為漢語非常有用。我不覺得漢語難學。

i) 我們午飯時間會去參加興趣小組的活動，還會去做運動。

j) 我今年參加了三個課外活動：打排球、踢足球和游泳。

k) 我是網球隊的隊長。

生詞 2 47

❶ 累 _{lèi} tired　❷ 騎（骑）_{qí} ride

❸ 行 _{xíng} go　自行車 _{zì xíng chē} bicycle　騎自行車 _{qí zì xíng chē} ride a bicycle

❹ 馬 _{mǎ} horse　騎馬 _{qí mǎ} ride a horse　❺ 吉他 _{jí tā} guitar　彈吉他 _{tán jí tā} play the guitar

❻ 高爾（尔）夫球 _{gāo ěr fū qiú} golf　打高爾夫球 _{dǎ gāo ěr fū qiú} play golf

❼ 補（补）_{bǔ} make up for　❽ 習（习）_{xí} study; learn　補習 _{bǔ xí} extra tuition; lessons after school

❾ 除 _{chú} besides　除了 _{chú le} besides

❿ 以外 _{yǐ wài} other than　除了課外活動以外，星期二我還有數學補習。
_{chú le kè wài huó dòng yǐ wài　xīng qī èr wǒ hái yǒu shù xué bǔ xí}

▲ **Grammar: Sentence Pattern: 除了 ...（以外）, Subject + 還 ...**

⓫ 花 _{huā} spend　⓬ 讀 _{dú} read　讀書 _{dú shū} read　晚飯以後，我會花一個小時讀書。
_{wǎn fàn yǐ hòu　wǒ huì huā yí ge xiǎo shí dú shū}

⓭ 戲 _{xì} game　遊戲 _{yóu xì} game　電腦遊戲 _{diàn nǎo yóu xì} computer games　玩兒電腦遊戲 _{wánr diàn nǎo yóu xì} play computer games

⓮ 訓（训）_{xùn} train; drill

⓯ 練（练）_{liàn} practise　訓練 _{xùn liàn} train; drill　我要練武術，還要參加足球訓練。
_{wǒ yào liàn wǔ shù　hái yào cān jiā zú qiú xùn liàn}

⓰ 從小 _{cóng xiǎo} from childhood　我從小就練武術。
_{wǒ cóng xiǎo jiù liàn wǔ shù}

⓱ 錯（错）_{cuò} (used in the negative) bad; poor　不錯 _{bú cuò} not bad; pretty good

我足球踢得不錯。＝我踢足球踢得不錯。
_{wǒ zú qiú tī de bú cuò　wǒ tī zú qiú tī de bú cuò}

▲ **Grammar: The first verb "踢" can be omitted.**

例子：

他從早到晚都很忙，每天都很累。

①

④

②

⑤

③

⑥

6 用所給結構看圖說話

結構：除了讀書以外，我還要彈鋼琴、練武術。

①  喜歡

②  要

③  喜歡

④  要

7 聽課文錄音，回答問題

1) 他這個學期累嗎？忙嗎？

2) 他每天怎麼上學？

3) 他每天上幾節課？

4) 他放學以後有什麼課外活動？

5) 他哪天有補習課？

6) 他晚上花多長時間讀書？

7) 他一般幾點睡覺？

8) 他週末有什麼課外活動？

zhè ge xué qī wǒ měi tiān dōu hěn lèi　　cóng zǎo dào wǎn dōu hěn máng
這個學期我每天都很累，從早到晚都很忙。

cóng xīng qī yī dào xīng qī wǔ　　wǒ měi tiān zǎo shang liù diǎn jiù qǐ chuáng le　　chī wán zǎo
從星期一到星期五，我每天早上六點就起牀了。吃完早

fàn yǐ hòu　　wǒ qí zì xíng chē qù shàng xué　　wǒ men zǎo shang bā diǎn kāi shǐ shàng kè　　shàng
飯以後，我騎自行車去上學。我們早上八點開始上課，上

wǔ yǒu sì jié kè　　xià wǔ yǒu yì jié kè　　xià wǔ sān diǎn bàn fàng xué　　fàng xué yǐ hòu
午有四節課，下午有一節課，下午三點半放學。放學以後，

wǒ yǒu hěn duō kè wài huó dòng　　yǒu tán jí tā　　dǎ gāo ěr fū qiú　　qí mǎ děng děng　　chú
我有很多課外活動，有彈吉他、打高爾夫球、騎馬等等。除

le kè wài huó dòng yǐ wài　　xīng qī èr wǒ hái yǒu shù xué bǔ xí　　wǎn fàn yǐ hòu　　wǒ huì
了課外活動以外，星期二我還有數學補習。晚飯以後，我會

huā yí ge xiǎo shí dú shū　　yǒu shí hou hái huì wánr yí huìr diàn nǎo yóu xì　　wǒ yì bān
花一個小時讀書，有時候還會玩兒一會兒電腦遊戲。我一般

shí yī diǎn shuì jiào
十一點睡覺。

zhōu mò wǒ yě hěn máng　　wǒ yào liàn wǔ shù　　hái yào cān jiā zú qiú xùn liàn　　wǒ cóng xiǎo
週末我也很忙。我要練武術，還要參加足球訓練。我從小

jiù liàn wǔ shù　　zú qiú yě tī de bú cuò
就練武術，足球也踢得不錯。

8 用所給結構看圖說話

A. 結構：我們七點半就開始上課了。　她坐巴士上班，十分鐘就到了。
　　　　　　　as early as　　　　　　　　　　　　　　　as early as

①  七歲
彈吉他

②  在上海工作的
時候
學漢語

③  走路
學校

④  開車
公司

B. 結構：我今天就跟爸爸說。
　　　　　　right away

①  一會兒
吃飯

②  現在
回家

C. 結構：商場就在我家對面。
　　　　　　exactly

①  滑冰場
超市

②  我的學校
這裏

143

Interview a teacher or non-teaching staff in your school, use the questions suggested to make a conversation.

1) 您是哪國人？您會説什麼語言？您學了幾年漢語？您覺得漢語難學嗎？

2) 您是哪年來這所學校工作的？您以前在哪兒工作？

3) 您喜歡這所學校嗎？為什麼？

4) 您每天怎麼上班？您一般早上幾點到學校？

5) 您到學校以後先做什麼？

6) 您最近工作忙嗎？您每天都做什麼？

7) 您午飯一般吃什麼？您喜歡吃中餐嗎？您喜歡吃什麼中餐？

8) 您一般幾點下班？您下班以後一般做什麼？

9) 您有什麼愛好？您小時候的愛好跟現在的一樣嗎？

你可以用

a) 我以前學過一點兒漢語，但是我漢語説得不好。

b) 我是從二〇〇八年開始在這所學校工作的。我很喜歡在這裏工作。

c) 到學校以後，我一般會先看電郵。

d) 中餐、西餐，我都喜歡吃。

e) 我下班以後常常去做運動。

f) 我從小就喜歡打籃球，現在還很喜歡打籃球。

10 口頭報告

Talk about your daily routine and hobbies. You should include:

- activities you do during lunch time in school
- activities you do after school and on weekends
- any teams or clubs you have joined
- when you started these activities and how good you are at them

例子：

　　我今年參加了很多課外活動。我每天中午和放學以後都有課外活動，週末也有活動。雖然每天都很累，但是我覺得非常開心。

　　星期一中午我……

相關教學資源 Related Teaching Resources

歡迎瀏覽網址或掃描二維碼瞭解《輕鬆學漢語》《輕鬆學漢語
（少兒版）》電子課本。

For more details about e-textbook of *Chinese Made Easy,*
Chinese Made Easy for Kids, please visit the website or scan
the QR code below.
http://www.jpchinese.org/ebook